MÉLINITE

SCEAUX. — IMPRIMERIE CHARAIRE ET FILS.

MÉLINITE

PAR

ADOLPHE BELOT

ÉDITION DE LUXE

PARIS

F. ROY, ÉDITEUR 222, BOULEVARD SAINT-GERMAIN

1890

Boudin

LIV. 64.   MÉLINITE.

MÉLINITE

I

Duchesse,

Je me décide à vous écrire ce que je n'ose vous avouer ; je vous aime de toutes les forces de mon âme. Voulez-vous me faire le grand honneur de m'accorder votre main, la suprême joie de me permettre d'unir ma destinée à la vôtre ?

Je suis avec respect, Duchesse,

Votre dévoué serviteur,

HENRI DE T...

Prince,

Votre demande est des plus incorrectes. Lorsqu'un homme comme vous se met en tête d'épouser une femme comme moi, il ouvre le Gotha, y choisit un parent, un allié ou un ami, et le prie d'aller, à sa place, présenter son humble requête. Mais je ne saurais vous en vouloir d'avoir ainsi manqué aux lois de l'étiquette. Cela semble établir que vous avez un peu perdu la tête, dans ces derniers temps, et aussi que, sans me bien connaître... j'y reviendrai... vous avez une vague idée de mon caractère. En effet, je hais les conventions, les règles établies, le cérémonial, l'apparat, et j'estime qu'il est préférable de faire ses affaires soi-même, sans y mêler des tiers.

Qu'aurais-je pu dire à votre ambassadeur ? « La demande
du prince me flatte infiniment, et j'ai tout lieu de croire que
ma main qu'il sollicite serait bien placée dans la sienne. Nous
sommes égaux par notre naissance, notre rang dans le monde,
nos alliances, nos attaches, presque nos parentés. Je ne perdrai
rien en échangeant mon nom et mes titres contre ceux qu'il
m'apporte. Nos fortunes se valent et sont, du reste, assez
grandes pour nous permettre de ne pas regarder à quelques
millions près. J'ai vingt-huit ans, il en a trente-cinq. L'écart est
convenable. Grand air aussi, fraîche mine, de la santé, du
courage, il l'a maintes fois prouvé. Assez de défauts pour n'être
point parfait, ce qui serait à mes yeux une imperfection, et
aucun vice, du moins on le dit. L'intelligence très ouverte, les
idées larges en toutes choses, des goûts artistiques, artiste
même à ses heures sans croire déroger, très indépendant de
caractère comme moi, il est d'avis que sa grande situation le
met un peu au-dessus des lois mondaines et lui permet de
penser, de parler et d'agir à sa façon qui est souvent la bonne.
Bref, M. l'ambassadeur, le prince Charmant... mettons charmant, cela n'engage à rien... que vous venez m'offrir me siérait,
sous beaucoup de rapports, si j'étais décidée à me remarier ;
mais je flotte encore, j'ai besoin de réfléchir. »

Voilà ce que j'aurais répondu à votre mandataire, avec qui
il ne m'eût pas convenu de m'engager plus avant. Avec vous,
qui vous adressez directement à moi, j'aurai moins de réserve
et je dirai : « C'est tout réfléchi. Le veuvage a du bon, mais il
donne trop de liberté à la femme. Elle en use parfois, sans
discrétion, et peut-être vaut-il mieux qu'elle se sente retenue
par un bout de chaîne. Vous m'offrez de tenir ce petit bout, et
l'idée ne me déplaît pas : je vous ai bien étudié, je crois vous
connaître et vous tiendrez la chaîne d'une main si légère que
je m'imaginerai qu'elle est portée par vous. Mais, si je vous
connais, vous ne me connaissez pas... Non, je vous assure,

vous ne savez de moi que des banalités : je suis grande, élancée. J'ai des épaules merveilleuses, une taille divine, un port de reine, disent les journaux assez indiscrets pour s'occuper de ma personne. Je suis blonde, d'un blond clair, assez rare, qu'on imite difficilement, avec des yeux bleu-vert, d'expression changeante, tour à tour impérieux, caressants, éteints ou vifs, rêveurs ou chercheurs, un nez, une bouche, une oreille, une main, un pied comme on n'en fait plus, le moule est cassé. Ce sont toujours mes historiographes qui parlent. Les uns me comparent à Marie-Antoinette en mieux, ils ont osé le dire; les autres à une Diane chasseresse plus humaine, plus femme que l'ancienne. Ceux-là me disent incomparable et ce sont les moins sots. Du physique passant à l'esprit, on me trouve des plus intelligentes, très originale et... voilà que cela se gâte... curieuse, oh! curieuse à l'excès de toutes choses, même de celles qu'il vaudrait peut-être mieux ignorer, insinuent quelques femmes, celles qui n'ignorent rien. Mais personne ne sait où s'arrête ma curiosité. Est-elle passive? Me suffit-il d'interroger, d'écouter ou de regarder? Est-elle active? Ai-je la prétention de connaître les sentiments, de passer par les sensations, dont ma curiosité m'apprend l'existence?

Voilà, mon prince, ce que vous ignorez complètement aussi, et ce qu'il importe que vous sachiez, avant d'unir votre destinée à la mienne, suivant vos propres expressions. Je ne crois pas qu'il doive exister de secrets entre gens comme nous, qui se marient en pleine liberté, sans y être contraints par quelqu'un ou par quelque chose, tout simplement parce que je vous plais et que vous ne me déplaisez pas.

Comment vous instruire? Vous dirai-je, dans le tête-à-tête, certain chapitre de ma vie, certaine aventure toute récente, ignorée de tous, et qui me peint telle que je suis, avec les curiosités qu'on me reproches et les audaces qu'on ignore, mais que je vous avoue? Non je n'oserais pas. L'aventure est trop

scabreuse pour être racontée de vive voix. Mais, depuis longtemps, j'ai l'habitude de confier à une sorte d'agenda, ou de
journal, mes actions, mes pensées, de causer tous les soirs avec
moi-même, en toute liberté, en toute franchise, et de reproduire
ma causerie, suivie souvent des conversations que je viens
d'avoir avec celui-ci ou avec celle-là, lorsqu'ils méritent la
peine qu'on se souvienne de leurs paroles. Cela m'a toujours
amusée de monologuer ainsi ou de faire dialoguer les autres, de
jouer à l'auteur dramatique ; j'aurais voulu être Sardou, si je
n'étais moi. Aujourd'hui, ces saynètes, à un ou plusieurs
personnages vont me permettre de tout vous dire, sans rien
dire, de vous édifier sur mon compte, ou plutôt de me perdre à
vos yeux. Je n'ai pour cela qu'à détacher du cahier les feuillets
qui se rapportent à l'aventure en question, et de les confier à
votre grande loyauté. Si, après avoir lu, vous restez dans les
mêmes idées, si vous trouvez que votre pénitente mérite
l'absolution, fixez vous-même, prince, la date de notre mariage.
Mais, si vous vous dites que je suis allée vraiment trop loin,
que je puis être tentée de courir des aventures du même genre,
de faire une nouvelle échappée dans l'impossible, reprenez
votre demande, oubliez-moi et mariez-vous à une innocente.
Sous ce rapport, vous trouverez mieux que :

La duchesse OLGA.

A cette lettre étaient jointes les pages suivantes que la duchesse avait détachées de son journal intime. Elle ne donnait ainsi au prince de T... qu'un chapitre de sa vie, le seul qui pût être blâmable, trouvant inutile de livrer ses secrets de jeune fille et de jeune femme, les souvenirs d'une vie irréprochable. Elle voulait être jugée seulement sur son crime, ou son délit, et être acquittée ou condamnée, sans jouir du bénéfice des circonstances atténuantes que lui auraient certainement valu ses antécédents.

II

10 juin 188..

Il vient de m'arriver une chose fort ennuyeuse et surtout étrange : j'ai perdu un million. Je ne l'ai pas perdu par ma faute, ou par celle de mes conseils, en faisant de mauvaises spéculations, des placements maladroits. Non, je l'ai perdu, dans le sens matériel du mot, comme on perd son porte-monnaie ou son mouchoir. Impossible de le retrouver. Je ne sais pas où il a passé. Il tenait de la place, cependant, et faisait un assez gros tas, car ce n'était pas un million en billets de banque, mais un million en valeurs de toutes sortes, de toutes couleurs, de tous formats : obligations, actions et titres au porteur, malheureusement. J'ai vu le tas, il n'y a pas à dire, et mon notaire aussi l'a vu et même couché, car il s'est donné la peine, bien inutile maintenant, d'inscrire les numéros de toutes ces valeurs dans mon contrat de mariage. Les unes représentaient une partie de l'apport du duc, les autres une fraction de ma dot.

L'ensemble nous appartenait à tous deux, puisque nous étions mariés sous le régime de la communauté de biens.

Non seulement on ne les retrouve plus, mais aucun papier, aucune note laissée par mon mari, n'indique qu'elles ont été déposées dans une banque, un comptoir quelconque. On s'est d'abord demandé si le million n'avait pas été employé à l'achat d'un immeuble, ou d'une terre. Mais, dans ce cas, on eût retrouvé ce nouveau titre de propriété, comme on a retrouvé tous les autres bien rangés, bien catalogués, avec des notes à l'appui. Le duc avait beaucoup d'ordre ; il n'était ni prodigue, ni dissipateur... et c'est justement pour cela que mon notaire n'y comprend rien et qu'il en perd la tête. Inutile de perdre aussi la mienne. Je ferme mon journal et je vais me coucher.

11 juin.

J'ai mal dormi. Cette affaire m'a tourmentée toute la nuit. Bon signe, du reste. C'est une preuve que je n'ai pas perdu la tête, comme mon notaire.

Ce n'est pas la question d'argent qui me préoccupe : j'ai toujours vécu si grandement, tous mes caprices ont été satisfaits, depuis mon enfance, avec tant de bonne grâce, que je ne connais pas le prix de l'argent. Je n'attache pas à ces questions l'importance que d'autres, moins heureux que moi, peuvent et doivent y attacher. Mais une curiosité, dont je ne puis me défendre, me pousse à désirer savoir où a passé ce million ? En même temps, j'ai peur de l'apprendre... Oui, une crainte vague me tient l'esprit, m'étreint le cœur. Je me demande, par moments, si la disparition de toutes ces valeurs ne se rattache pas à la mort imprévue, étrange de mon mari. Il s'était toujours bien porté, jamais une maladie, un malaise. Depuis quelques semaines seulement, je le trouvais préoccupé, triste, un peu

sombre. Souvent il ne paraissait pas m'écouter quand je parlais. Sa pensée n'était pas avec moi. Je m'inquiétai, je l'interrogeai. Il me dit qu'il n'avait rien, absolument rien. Mais, un jour, le courage lui manque sans doute pour dissimuler plus longtemps : il se plaint d'une courbature dans tout le corps, de douleurs violentes dans la tête. J'envoie chercher notre médecin, plus qu'un médecin, un professeur. Il l'interroge, l'ausculte et finit par déclarer qu'il n'y a rien de grave, que c'est nerveux. Les nerfs, toujours les nerfs ! De nos jours, les médecins, grands et petits, impuissants à comprendre certaines maladies, rapportent tout aux nerfs, rejettent tout sur eux.

Je n'en soigne pas moins le duc, comme s'il était gravement malade. Je ne le quitte pas d'un instant. Il est toujours surexcité, agité. Je me souviens qu'à diverses reprises, il s'empara de ma main et me dit vivement : « Pardon, pardon ! » J'ai compris, alors, que cela voulait dire : « Pardon de la peine que je vous donne, de vos fatigues. » Aujourd'hui, je me demande si ces mots n'avaient pas un autre sens.

Après deux nuits passées dans sa chambre, sur une chaise longue, comme il me supplie d'aller me reposer chez moi, je finis par y consentir. Oh ! je me le reprocherai toute ma vie. Je dormais, depuis une heure, lorsque je suis réveillée en sursaut par le bruit d'une arme à feu. Je m'élance. J'arrive en courant chez le duc... Il est mort. Pendant que je dormais, malheureuse que je suis, il est sorti de son lit, il a pris dans son bureau un revolver qui y était enfermé, et il s'est tué.

Pourquoi ce suicide ? Les médecins l'ont attribué à un accès de délire aigu causé par une lésion idiopathique des fonctions cérébrales. C'est bien le mot. Je l'ai inscrit autrefois, lorsqu'il m'a été possible, après un long abattement, de reprendre mon journal.

Et cette explication m'a satisfaite jusqu'ici. Mais, maintenant... Oui, toujours ce million disparu qui m'obsède... C'est

plus fort que moi, je ne puis me défendre de faire certain
rapprochement... Quelle folie ! En admettant que le duc ait
joué, perdu, gaspillé cette somme, se serait-il ému à ce point?
Elle représente à peine une année et demie de nos revenus...
C'est égal, rien ne m'en fera démordre : il y a là quelque mystère et je donnerais beaucoup pour le pénétrer. N'est-il pas
naturel que je veuille m'éclairer sur tous les détails de la mort
de mon mari, sur les événements qui ont pu l'amener? Dois-je
l'attribuer à une cause morale?... Qui pourra me renseigner?
Personne... Si. Quelqu'un, peut-être. Le marquis de B...,
l'ami intime du duc. Ils ont été camarades de collège et d'école,
compagnons de plaisirs, sans que rien n'altérât jamais leur
confiance l'un dans l'autre, leur dévouement réciproque. Mon
mariage a pu rendre leurs relations moins suivies, mais ne les
a pas interrompues. Ils ont continué à se voir ici ou ailleurs,
sans qu'il me soit venu à la pensée de prendre ombrage de
cette intimité... Pourquoi le marquis semble-t-il me fuir depuis
la mort de son ami ? Deux visites de politesse, rien de plus...
Craint-il que je l'interroge, que j'essaye de lui arracher quelque
secret ?... Oh ! s'il en existe un, je saurai bien l'obliger... Je
vais lui écrire, ce soir même, que je l'attends demain.

III

12 juin.

Le marquis s'est rendu à mon appel quoiqu'il eût préféré
s'abstenir, j'en sais maintenant le motif. Au lieu de résumer
notre conversation, je vais essayer de la reproduire exacte-
ment.

Après lui avoir fait quelques reproches polis sur la rareté

de ses visites, j'ai abordé la question qui m'occupe, légèrement, sur un ton enjoué, pour l'empêcher de se mettre sur ses
gardes.

— Mon notaire, ai-je dit, en dressant l'inventaire de la
succession du duc, vient de constater la disparition d'un nombre
assez considérable de titres au porteur. Il y a tout lieu de
croire que ces valeurs ont été soustraites depuis la mort de
mon mari et maître X... me conseille de m'adresser à la jus-
tice.

Tout en parlant, je regardais le marquis du coin de l'œil, et
je crus m'apercevoir qu'il avait légèrement tressailli. Je conti-
nuai sur le même ton demi-sérieux, dégagé :

— Avant de me décider à porter plainte, ce qui est toujours
une grosse affaire, j'ai pensé que je devais, d'abord, prendre
moi-même quelques renseignements. C'est pourquoi je me suis
permis, mon cher marquis, de vous arracher à vos occupations,
ou à vos plaisirs.

— Je vous en remercie, duchesse, mais je ne vois pas trop
quels renseignements je puis vous donner sur les valeurs en
question.

— Vous ne voyez pas ! C'est bien simple pourtant : si vous
avez le plus petit motif de croire que le duc, dont vous étiez
l'intime ami, ait vendu ou engagé ces titres, comme il en avait
absolument le droit, en sa qualité de chef de la communauté,
vous me le direz, et vous m'éviterez ainsi des démarches
ennuyeuses.

M. de B..., l'air préoccupé, le sourcil froncé, cherchait
sans doute une réponse évasive. Je ne lui laissai pas le temps
de la trouver et je le serrai de plus près.

— Le duc, repris-je, aurait-il fait à la Bourse quelque mauvaise opération ? Veuillez rappeler vos souvenirs.

Il hésita. Peut-être, pour se débarrasser de moi, pour cou-
per court à cet entretien qu'il sentait dangereux, lui vint-il à

la pensée de me dire que mon mari avait, en effet, joué et perdu à la Bourse. Mais, ce très pur gentilhomme se respecte trop pour descendre à mentir. C'est bien là-dessus que je comptais un peu.

— A ma connaissance, fit-il enfin timidement, comme à regret de ne pouvoir feindre, Gontran n'a jamais spéculé à la Bourse. Cela n'entrait pas dans ses idées.

— Je le pensais bien, mais je voulais en être sûre. Cherchons donc autre chose... Mon mari n'aimait pas les cartes, ne jouait pas d'habitude, je le sais aussi. Cependant, les hommes sont sujets à des entraînements passagers. Ne lit-on pas, à chaque instant, dans les journaux, que MM. X... ou Z... ont perdu en une semaine, quelquefois en une nuit, des sommes considérables ? Gontran était-il à l'abri d'une folie de ce genre ? Je n'en respecterais pas moins sa mémoire, car je suis indulgente pour toutes les fautes qui ne touchent pas à l'honneur, et vous pouvez me répondre franchement.

J'avais toujours les yeux fixés sur lui. Il dit, après une nouvelle hésitation, un nouvel effort :

— Non, duchesse, je ne crois pas que Gontran ait joué.

— En dehors de la Bourse, des cartes et des courses de chevaux, qui probablement ne le passionnaient pas davantage, vous ne voyez pas autre chose... un achat important, un prêt ? Cherchez bien.

Il parut chercher.

— Non, je ne vois rien, fit-il enfin.

Ces mots furent dits d'une voix mal assurée, comme s'il avait eu de la peine à les prononcer. Il me trompait donc. Il mentait contre toutes ses habitudes. Mon désir de savoir la vérité en augmenta. Quel sentiment me dominait ? La curiosité sans doute. Une curiosité honnête, qui n'avait rien de désobligeant pour mon mari, tant j'étais persuadée qu'il n'avait jamais eu de torts graves à se reprocher.

— Alors, fis-je comme si je concluais, il est évident que le duc n'a pas disposé de ces valeurs avant sa mort, qu'elles nous ont été soustraites, et que je dois suivre le conseil de mon notaire.

— Déposer une plainte? murmura-t-il.

— Évidemment. Jugez donc : il s'agit d'un million.

Ce chiffre, assez fort cependant, ne parut pas le surprendre, on aurait dit qu'il s'y attendait, qu'il le connaissait aussi bien que moi. D'un air tranquille qui ne pouvait pas me tromper, il répliqua même :

— N'allez-vous pas, duchesse, vous donner bien du mal pour de l'argent? La police chez vous. On voudra faire une enquête, interroger vos gens... puis citation chez le juge d'instruction, nouveaux interrogatoires, longues attentes, et que de recherches dans les maisons de banque, de crédit, car le juge se dira certainement : « On ne garde pas chez soi un million de titres, on le dépose. C'est le reçu qui a sans doute été soustrait. » Et voilà tout Paris mêlé à vos affaires. Les journaux s'en emparent, fouillent dans la vie de Gontran, même dans la vôtre... Croyez-moi, duchesse, renoncez à cette plainte qui n'a pas grande chance d'aboutir.

Il en avait trop dit, et d'un ton trop animé pour sa froideur habituelle. Son désir très vif de me faire renoncer à porter plainte était des plus apparents.

Aussi insistai-je :

— Oui, tous ces ennuis me sont réservés, je le sais. Pourtant je ne crois pas avoir le droit de m'y soustraire. Personnellement, je puis perdre un million; cela me regarde. Mais il ne m'est pas permis de sacrifier les intérêts de ceux qui viendront après moi, de mes héritiers.

— Vous n'avez pas d'enfants.

— J'ai des nièces que le duc affectionnait beaucoup... et,

chose plus grave encore, je dois à la mémoire de mon mari
d'établir que cette somme lui a été volée.

— Je ne comprends pas.

— Vous ne comprenez pas! Si je refuse de porter plainte,
de provoquer des recherches, de suivre les conseils de mon
notaire, j'ai l'air de dire que le duc a été un prodigue, un dissipateur; que, malgré ses revenus considérables, il a distrait un
million du capital... et cela sans me prévenir... Vous voyez
bien, mon cher marquis, je n'ai pas à hésiter... et je n'hésite
plus.

— Vous portez plainte décidément? demanda-t-il ému.

— Oui, aujourd'hui même... Comment! Après tout ce que
je viens de vous dire, vous ne m'approuvez pas?

— Non, duchesse.

— Pourquoi? Donnez-moi, au moins, une bonne raison.

Pressé ainsi, très vivement, il s'écria :

— Vous auriez tort de rendre publiques des choses...

Puis, il s'arrêta, brusquement, comme il avait parlé.

— Quelles choses? demandai-je en relevant la tête, émue
cette fois autant que lui... Ah! prenez garde, vous ne pouvez
plus vous taire... Vous me devez une explication des mots que
vous venez de prononcer. Quelles sont ces choses qu'il faut
cacher, qu'on ne saurait rendre publiques?

Il ne répondait pas. J'osai ajouter :

— Touchent-elles donc à l'honneur?

Alors, il se redressa, et me dit avec véhémence :

— Non, non! Jamais Gontran n'y a failli.

— Je le sais bien, m'écriai-je de la même voix, avec le
même orgueil. Alors, pourquoi me conseiller le silence, m'empêcher de faire punir des misérables, des voleurs?

— Il n'y a pas de voleur... L'argent a été donné.

— Par Gontran?

— Oui.

— A qui ?

— Je vous supplie de ne me pas
obliger à le dire.

— Je vous supplie de parler. Au besoin
je l'exige.

— Je n'ai pas le droit de trahir le secret d'un ami.

— Si. Pour empêcher que d'autres le connaissent; pour que
nous soyons deux seulement à le garder. C'est votre devoir
strict, au contraire.

— Si vous souffrez de cette confidence?

— Tant pis pour moi. Je l'aurai voulu.

Et, me rapprochant de lui, très bas, le cœur serré, car
je l'avais deviné :

— Il s'agit d'une femme, n'est-ce pas ?

Le silence qu'il garda valait un aveu.

— Quelle femme ? continuai-je plus irritée maintenant que curieuse. Une femme d'un million n'est pas la première venue.

— C'est quelquefois la dernière, répondit-il.

A la façon méprisante dont il prononça ces mots, on ne pouvait se méprendre. Mais une idée venait de me frapper et je disais vivement :

— La mort de mon mari est volontaire, n'est-ce pas ? Ce n'est pas dans le délire qu'il s'est tué ?

— Je ne sais pas.

— Que croyez-vous ? Ne mentez pas. Nous parlons d'un mort.

— Je crois qu'il avait en partie sa raison, et j'aime mieux cela.

— Quoi ! vous l'approuvez de s'être tué pour cette femme ?

— Il ne s'est pas tué pour elle. Il s'est tué par crainte d'elle.

— Que pouvait-il craindre ?

— D'être entraîné encore plus loin qu'il n'était allé, d'être poussé à faire de nouvelles folies.

— Des folies d'argent ? dis-je d'une voix sourde. Il aurait mieux fait de vivre et de me ruiner... Comme il devait l'aimer, pour en avoir si peur !

— Non, il ne l'aimait pas.

— Oui, oui, je sais ce que vous voulez dire. Les hommes ont des mots à eux, des expressions diverses, quand il s'agit d'amour : ils désirent, ils n'aiment pas. Pour nous autres femmes, c'est la même chose... Du reste, pour un million, il a pu satisfaire tous ses désirs. S'il s'est tué, il aimait véritablement... Répondez si vous pouvez.

— Je ne puis pas, murmura-t-il.

Je ne relevai pas ce mot qui me frappe maintenant. Voulait-

il dire : « Je ne puis pas m'expliquer certains sentiments » ; ou
bien : « Il y a des choses dont je ne puis pas vous parler » ?

C'est à lui que je m'en prenais maintenant :

— Vous avez été l'ami intime de mon mari, disais-je d'une
voix dure, âpre. Il vous faisait toutes ses confidences... Si j'en
avais douté, je n'en douterais plus... Et vous n'avez pas essayé
de l'arracher à cette créature qui devait le tuer ?

Il répondit doucement, la tête baissée, l'œil mouillé :

— Au contraire. J'ai tout tenté pour le sauver d'elle. Je
n'ai pas réussi.

Comme il s'inclinait devant moi pour prendre congé, sans
oser me tendre la main, je lui dis brusquement, obéissant à
je ne sais quelle idée :

— Comment s'appelle-t-elle ?

Il hésitait à répondre. Alors moi :

— Soit ! Je le demanderai à d'autres. Leurs amours n'ont
pas été secrètes. Moi seule les ignorais.

— Jamais personne, excepté moi, répondit-il, ne les a
connues.

— Elle se cachait donc ? C'était une femme du monde,
mariée quoique vénale. Il y en a, paraît-il.

— Non... une courtisane.

— Elles ne font pas mystère, cependant, de leurs liaisons,
surtout lorsqu'elles leur rapportent un si bon prix. Un amant
prodigue leur sert d'enseigne et elles crient son nom sur les
toits.

— Quand elles le savent, fit observer le marquis.

— Comment ! elle ne savait pas le nom... de votre ami ?

— Il ne l'a jamais donné. Elle l'a toujours connu sous un
nom d'emprunt.

— Et elle ?... Vous pouvez me la nommer maintenant, puisqu'il ne s'agit que d'une... fille.

— Si vous l'exigez.

— Je l'exige.

— On l'appelle Mélinite.

— Mélinite! C'est un nom de femme, cela?

— Je ne lui en connais pas d'autre.

— Bien. Merci. Adieu.

Il s'inclina de nouveau et sortit.

IV

15 juin

Ainsi, celui que j'ai préféré à tous, parce que je le croyais plus loyal, plus amoureux que les autres, celui dont j'ai été la compagne dévouée, fidèle, sans que jamais un soupçon de coquetterie m'ait effleurée, celui que j'aimais autant que je me croyais aimée de lui ; ce mari, cet amant, cet ami, déjà las de moi, dans la troisième année de notre mariage, prenait une maîtresse, et se tuait pour elle, ou à cause d'elle!

Ah! c'est infâme! Combien j'ai souffert depuis cette révélation!... Autant qu'à sa mort... Ne vient-il pas de mourir, une seconde fois, pour moi?

Je souffre dans mon orgueil, cruellement blessé, dans mon amour, que je croyais éternel. Je souffre de ne plus pouvoir me souvenir, vivre dans le passé. Je souffre de mépriser qui je respectais.

Non, non, j'ai tort de dire cela. Il n'est plus. Je dois lui pardonner.

Pardonner! je ne puis pas, je ne pourrai jamais... justement parce qu'il est mort... On pardonne parfois une injure, une offense, lorsqu'on peut la reprocher durement, frapper, blesser à son tour, répandre sa colère, crier ses douleurs. Mais ma colère se répand dans le vide ; mes cris, il ne les entend pas. Je ne puis pas lui rendre le mal qu'il m'a fait, lui dire : « Nous sommes quittes maintenant, je pardonne. »

Cependant il m'a aimée, beaucoup aimée... Oh ! j'en suis sûre, on ne s'y trompe pas... Pourquoi, tout à coup, ai-je cessé de lui plaire ? Mon visage a-t-il donc changé ? Suis-je devenue moins jolie ? C'est improbable : une amie aurait trouvé moyen de me le faire sentir... On s'accordait à reconnaître, au contraire, que le mariage m'avait encore embellie. Je n'ai jamais eu autant de succès que l'année dernière. Mon entrée au théâtre, au bal, faisait sensation. On se rangeait pour me voir passer, et de la foule montait comme un murmure admiratif... Je suis bien forcée de le dire, puisque cela est, et que, dans ce journal, je dis tout... Ne l'écrivait-on pas du reste ? Oui, il y a six mois à peine, un journaliste affirmait que j'étais, non pas la plus jolie femme de Paris, comme l'héroïne d'un roman qui a fait grand bruit, mais la plus jolie femme du monde... et c'est le duc, oui, mon mari, qui m'a apporté l'article... J'étais furieuse, de très bonne foi, qu'on osât ainsi s'occuper de ma personne. Je voulais protester, exiger le silence ; mais il me dit en souriant de son fin sourire... ah ! pourquoi le vois-je encore sourire ainsi !... il me dit : « Ma chère amie, vous auriez mauvaise grâce à vous plaindre. Votre nom, votre fortune, votre beauté, font de vous une personnalité, une célébrité. Vous appartenez de droit aux journalistes. » Oui, au lieu d'être mécontent de ces éloges... lui qui n'a jamais cherché le bruit, qui aimait le silence et l'ombre... il en paraissait enchanté, tout fier.

Il m'aimait donc encore... et cependant cette femme, cette Mélinite ! Il la désirait seulement, a essayé d'insinuer le marquis. Il la désirait ! Qu'a-t-elle donc de plus désirable que moi ? Ah ! je voudrais bien savoir...

Et que m'importe ! M'abaisserai-je jusqu'à m'occuper d'une telle créature ! Il m'a trompée ! Il m'a trahie ! Voilà tout ce qui me touche. Il m'est indifférent que ce soit avec celle-ci ou celle-là, avec cette espèce, ou cette autre.

Comme il m'a bien trompée ! Jamais je ne me serais doutée... C'est admirable ! Quel diplomate ! Quel comédien il eût fait ! Que de correction dans l'incorrection ! Rien de changé dans sa vie. S'il ne m'accompagnait pas au théâtre, dans le monde, il passait sa soirée près de moi, à l'hôtel, dans le petit salon bleu... où je n'ose plus entrer ; je le vois toujours assis à la même place... A quelle heure me trompait-il donc ? A quelle heure s'aimaient-ils ? De quatre à sept, sans doute, l'heure du cercle, ou pour mieux dire l'heure des amours de l'homme marié, de l'homme qui trompe en conservant des formes, une dernière pudeur, l'adultère pudique.

De quatre à sept ! Pourquoi donc appelle-t-on, parfois, ces filles des belles de nuit ? Il serait plus juste de dire des belles de jour. Il est vrai qu'elles ne doivent pas chômer davantage la nuit : c'est le tour des célibataires ou des hommes mariés qui ne se cachent plus, qui trompent effrontément... Je ne sais pas si je ne préfère pas ces derniers... Oui, revenir auprès de la femme légitime, de la femme honnête, passer hypocritement sa nuit, sa soirée auprès d'elle, lorsqu'on s'est souillé le jour dans les bras d'une autre, c'est une nouvelle infamie, c'est une nouvelle injure !

Je me souviens... tout cela est présent à mon esprit comme si c'était hier... rien de changé, non seulement dans sa vie, dans ses habitudes, dans ses respects, ses attentions pour moi, mais aussi dans ses tendresses, jusqu'au moment où il est tombé malade. Est-il tombé malade? N'a-t-il pas feint plutôt une maladie, pour qu'on attribuât son suicide à un accès de délire?... Ah! il m'a trompée jusqu'au bout, et la médecine aussi... Oui, les mêmes tendresses. Je crois même me rappeler que, dans ces derniers temps, il était plus amoureux... Le remords fait sans doute cet effet-là... Ou bien c'était peut-être encore pour me mieux tromper, pour éloigner le soupçon... Coupable, on se croit toujours soupçonné... et puis... l'autre, la Mélinite, l'avait mis en goût, lui avait appris à mieux aimer... Ces femmes doivent s'y connaître, c'est leur métier... Ah! pourquoi ne luttons-nous pas avec elles? Pourquoi ne savons-nous pas nous faire aimer comme elles?... C'est peut-être notre ignorance, ce sont peut-être nos pudeurs, nos vertus qui nous font perdre nos maris. Ils vont ailleurs chercher ce que nous ne leur donnons pas... Moins de tendresse, mesdames, plus de passion.

De la passion! Est-ce qu'elles peuvent en avoir? Qu'importe, si elles savent la jouer!... et le duc s'y est peut-être laissé prendre... J'ai cru deviner qu'il n'avait pas beaucoup vécu jusqu'à notre mariage. C'était un réservé, un sage. Il a rencontré une folle, et le feu a pris. La sagesse est tombée, la folie est venue.

Eh bien! non, ce n'est pas cela! Si elle l'avait aimé folle-ment, avec passion, il eût été heureux, il ne se serait pas tué!... Il y a autre chose. Je voudrais savoir...

Je n'ai jamais entendu parler de cette Mélinite. Si elle était très connue, très en lumière parmi ses pareilles, j'aurais entendu prononcer son nom. Les hommes ne se gênent plus pour parler devant nous de ces femmes : un nom d'impure ne peut du reste ternir notre pureté... Avec moi, la curieuse par excellence, le point d'interrogation vivant, m'a-t-on surnommée, on se gêne encore moins. On n'ignore pas que j'aime à m'instruire pourvu qu'on m'instruise avec tact, en douceur. On sait que j'entends seulement ce que je veux entendre, et qu'on peut aller tant que je n'arrête pas d'un regard qui fait rentrer sous terre les... naturalistes.

Non, j'ai beau chercher... Jamais ce nom de Mélinite... Qu'est-ce donc que cette fille?... Qu'a-t-elle de si extraordinaire pour que le duc l'ait préférée à moi, lui ait donné un million et se soit tué à cause d'elle?

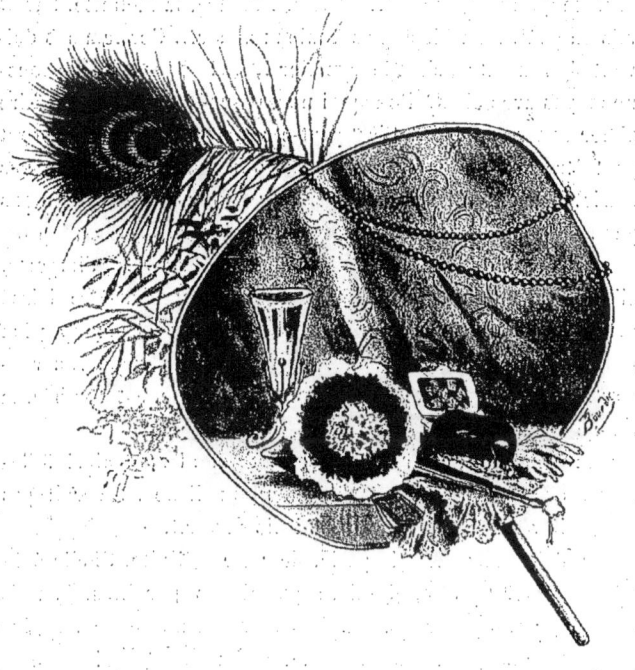

V

18 juin.

Je la connais,
c'est-à-dire qu'on m'a
donné des renseigne-
ments sur elle, car j'espère bien ne la connaître jamais, même
de vue.

C'est mon petit cousin Arthur de Blazac qui m'a édifiée sur

son compte. J'écris : « édifiée », c'est : « scandalisée » que je
devrais dire.

Quel drôle de bonhomme que ce Blazac! Maigrelet, chétif,
blondasse, avec son petit nez, sa petite bouche, ses petites
mains, ses petits pieds, tout, tout petit, on le prendrait, malgré
ses trente ans, pour une élève du Sacré-Cœur, déguisée en
jeune garçon. Nous avons espéré, un instant, dans la famille,
en faire quelque chose, car il est intelligent, instruit; mais il
n'a pas tardé à nous échapper pour... suivant son expression...
« mener la grande vie », une façon sans doute de se grandir qui
ne lui a pas réussi : il est encore plus chétif. Il vient me voir,
de temps à autre, parce que je suis bonne fille avec lui, que je
ne lui fais pas de morale, que je lui laisse parler sa langue
verte et qu'il « épate »... encore un de ses mots... sa bande de
viveurs et de viveuses en disant : « Je sors de chez ma cousine,
la duchesse de X... » Moi, je le reçois quand je n'ai rien de
mieux à faire, comme on jette un coup d'œil par désœuvrement
sur un journal mondain, ou prétendu tel, plutôt quart de monde.
Blazac est, en effet, une gazette vivante, petit format. Il redit
tous les cancans, les racontars ; sait tout ce qui se passe dans
Paris, son Paris à lui, un Paris assez laid ; connaît toutes les
célébrités, principalement les célébrités galantes. Aujourd'hui,
lorsqu'on est venu m'annoncer sa visite, j'ai été sur le point de
lui fermer ma porte, car je ne suis pas d'humeur à me distraire.
Le désir de l'interroger, de le faire parler, de savoir certaines
choses, s'est tout à coup emparé de moi et j'ai dit : « C'est bien,
qu'il entre. »

Par exemple, je n'ai pas perdu mon temps : à peine était-il
assis dans un grand fauteuil où il disparaissait entièrement,
que je dirigeai la conversation vers le point qui seul m'intéressait.

— Eh bien! cousin, lui ai-je demandé, s'amuse-t-on encore
à Paris, malgré la saison? Toutes vos belles tendresses, comme

vous les appelez parfois, et le mot, je l'avoue, est assez joli,
ont-elles pris leur volée, au lendemain du Grand Prix ? Rensei-
gnez-moi, je ne suis plus de ce monde.

— Cousine, m'a-t-il répondu, en essayant de lisser une
moustache blonde invisible, Paris s'ennuie depuis qu'il a perdu
son idole.

— Quelle idole ? le général ?

— Non, vieux jeu, le général. C'est vous l'idole, cousine Olga.

— Moi ! Le compliment est si bien tourné que je ne le
voyais pas venir... De quel Paris parlez-vous donc ? Du mien
ou du vôtre ? Le mien ? Vous n'y allez jamais ; vous le boudez
et il vous boude. Comment pourriez-vous savoir qu'on m'y
regrette ? Le vôtre ? Oh ! celui-là ne me connaît pas... heureusement. Il me néglige, me dédaigne pour s'occuper exclusi-
vement de Mˡˡᵉ Lucy Seymour, Nelly Beer, Marion de Lorme,
Blanche de Closmenil.

— Comment, fit-il étonné, vous connaissez tous ces noms-là !

— Pour les connaître, il suffit de lire le *Gil Blas* et je le lis
souvent, de préférence même, je ne vous le cache pas, à la *Gazette
de France*. Je pourrais vous citer bien d'autres noms : Mathilde de
Montalbert, par exemple, Louise Babin, Henriette la Rousse,
Mélinite...

— Oh ! pour celle-là, vous n'avez jamais vu son nom dans le
Gil Blas.

— Pourquoi ?

— Elle est mal avec lui.

— Alors c'est autre part. Mais, par suite de quel événement
Mˡˡᵉ Mélinite est-elle dans de mauvais termes avec le *Gil Blas* ?
Vous m'intriguez.

— Parce qu'elle a dit à Paul D...

— Le crack-winner ?

— Précisement.

« Et à Charles D...

— L'intrépide vide-bouteilles?

— C'est cela même. Comme vous êtes au courant, cousine!

— N'est-ce pas. Je sais mon *Gil Blas* par cœur... Que leur a-t-elle dit?

— Qu'elle ne demandait aucune réclame et qu'elle ne donnerait rien à ceux qui lui en feraient.

— Ces dames payent donc pour qu'on raconte leurs prouesses?

— Quelquefois, mais pas en argent.

— En quoi?

— En bons procédés. On est aimable pour elles, elles sont aimables, à leur tour. Vous comprenez.

— Il serait difficile de ne pas comprendre. Vous gazez si peu, cousin... Je m'explique, maintenant, pourquoi on cite, tous les matins, les mêmes femmes : c'est qu'elles sont aimables, tous les soirs... et Mlle Mélinite n'a jamais voulu l'être?

— Pour des réclames, non. Elle avait la prétention de faire son chemin toute seule.

— Et l'a-t-elle fait, son chemin?

— Je le crois bien : elle a le million.

Je tressaillis, sans qu'il s'en aperçût, car il est aussi myope que petit. Puis, après un effort :

— Un million sérieux? demandai-je.

— Des plus sérieux, en excellentes valeurs : obligations, actions de chemins de fer, titres de rentes au porteur. J'ai vu le paquet; il est gros.

— Elle le montre comme ça?

— Gratis : aux femmes pour les faire enrager ; aux hommes pour qu'ils soient... grandioses avec elle. Vous concevez, on n'ose pas envoyer cinq louis à une femme millionnaire.

Ces mots : cinq louis, lui parurent un peu risqués et il s'arrêta comme s'il avait dit une énormité. Mais je pensai qu'il

ne pouvait pas sortir d'énormité de ce petit corps, et sans paraître offusquée :

— Lorsqu'elle n'avait pas encore de richesses à étaler, que faisait-elle? On se montrait alors, sans doute, moins... grandiose.

— Elle a été riche tout de suite, dès ses débuts, grâce au baron de Virmeux.

— Le baron de Virmeux!... Vous connaissez ça, vous, Blazaé?

— Pas du tout. J'ai toujours pensé que c'était un faux nom. Mélinite a eu la même idée. Mais elle s'en moquait pas mal. L'important, c'était le million, elle l'a eu. Oh! elle ne perd pas son temps à des recherches inutiles : elle est pratique. Rien d'étonnant, c'est moi qui l'ai formée.

— Ah! c'est vous?

— J'entends par là, fit-il en se reprenant, que c'est moi qui l'ai lancée.

— Heureuse idée que vous avez eue là!

Tout plein de son sujet, il ne prit pas garde au cri, il ne releva que les mots.

— Mon Dieu! fit-il, l'idée n'était pas si mauvaise : agacé, depuis longtemps, de n'entendre parler que des femmes blondes et de les voir toujours porter aux nues, je me suis mis en tête, il y a un an, de prouver que les brunes les valent bien... Je vous demande pardon de vous dire cela, cousine, à vous qui êtes une blonde si réussie, mais vos cheveux sont bien à vous... et de couleur naturelle, tandis que les trois quarts des blondes sont teintes, ou décolorées, comme elles disent, ou portent des postiches. Tout le monde le sait et, cependant, on les préfère aux brunes qui sont bien meilleur teint... Alors j'ai cherché une brune, je l'ai trouvée. Elle a fait fortune... et moi j'ai fait la preuve que je voulais faire.

— Où l'avez-vous trouvée, votre brune? Dans le Midi?

— A Paris, tout bonnement, chez une blonde, dont elle
était femme de chambre.

— Ah! votre Mélinite est une ancienne femme de chambre?

— Mon Dieu, oui, cousine. Ne vous étonnez pas : beaucoup
de nos « grandes marques » ont commencé comme ça... J'ai
enlevé la servante à sa maîtresse, je l'ai un peu dégrossie,
habillée.

— Oh! habillée.

— Après... je lui ai loué un petit garni.

— Vous faites bien les choses.

— Si je les avais mieux faites, si je m'étais ruiné pour elle,
qu'aurais-je prouvé? Que j'aimais les brunes. C'était un cas
personnel, isolé. Je voulais établir qu'elles doivent plaire aux
autres, à tout le monde. Je l'ai établi.

— Votre brune ne doit peut-être pas son succès à la nuance
de ses cheveux. Elle a autre chose, elle est sans doute jolie?

— Pas du tout : petite, maigrelette, des yeux enfoncés, un
nez retroussé, un vrai nez de soubrette, des dents pointues,
des dents de louve, des lèvres fortes, très rouges, un teint
mat : voilà sa photographie exacte. Vous concevez, cousine,
que je n'aurais pas été assez bête pour chercher et produire
une jolie brune, parce que, comme vous me le faisiez observer
fort justement, ce n'est pas la nuance de ses cheveux qui aurait
triomphé.

— Voyons, Blazac, ne vous moquez pas de moi. Jamais vous
ne me persuaderez qu'on donne un million à une femme seulement pour sa chevelure noire. Je le répète, elle doit avoir
autre chose.

— Autre chose. Sans doute, elle a, elle a... pardonnez-
moi l'expression... elle a du chien, c'est-à-dire qu'elle est très
excitante, très troublante.

— Oh! n'expliquez pas; le chien suffit.

— Et puis, continua-t-il sans m'entendre, c'est une vicieuse.

— Viciée par vous?

— Non, elle l'était de naissance. Il y a des femmes qui viennent, comme ça, au monde. On devrait les reconnaître à certains signes, et les noyer à l'âge de douze ans.

— C'est vous qui parlez ainsi?

— Pourquoi pas? On peut cultiver le vice, pour son compte, et en déplorer les effets sur les autres... Oui, tant qu'on refusera d'adopter mon idée de noyade, malheur aux hommes! Quand une de ces créatures aura un intérêt quelconque à les empaumer, ils seront perdus. Les plus froids, les plus forts, les plus invulnérables finiront par s'enflammer et par éclater... C'est même pour cela, cousine, que j'ai appelé celle dont nous parlons : Mélinite.

— Ah! vous l'avez aussi baptisée?

— Sans doute, avant de la lancer. Je lui ai donné le nom d'une des dernières matières explosives, celle qui passe pour faire le plus de ravages.

— Oui, des ravages terribles, instantanés, fis-je tristement.

— Cela dépend, répondit-il. La mélinite, que j'ai beaucoup étudiée... vous savez, j'adore la chimie... est un explosif *mi-brisant, mi-lent*, c'est-à-dire que, dans certains cas, il peut agir, travailler avec une demi-lenteur, comme un coin qu'on enfoncerait, à coups de marteau, dans une masse résistante... Oh! je suis ferré sur la question. Je ne baptise pas une femme, comme on baptise un enfant, sans savoir pourquoi on l'appelle Jacques ou Jean. Je l'ai nommée Mélinite parce que, comme cet explosif, elle a un aspect *doucereux*, qu'elle paraît et qu'elle est absolument inoffensive dans les conditions ordinaires. On peut la choquer violemment contre un autre corps, l'approcher du feu, elle n'éclate pas, si elle n'est pas préparée à éclater. Mais, si elle l'est, si on l'a mise en contact avec une bonne capsule de fulminate, gare là-dessous! L'explosion est formidable. Elle brise, elle tue tout ce qu'elle rencontre.

— Oui, elle tue ! répétai-je.

Craignant qu'il ne s'aperçût de mon émotion, je m'empressai d'ajouter :

— Il paraît qu'elle ne vous a pas tué, vous.

— Oh! moi, fit-il d'un air vainqueur, avec un nouvel effort pour friser sa moustache absente, j'ai tant connu de Mélinites ! Elles sont surtout dangereuses pour les sages et les forts : ils comptent sur leur force, leur sagesse, pensent qu'ils n'ont rien

à craindre d'un ennemi si petit, et le laissent approcher d'eux.
Ils ressemblent à un cuirassé qui ne se méfierait pas d'un tor-
pilleur. Moi, qui me sais faible et très peu sage, je me tiens
sur mes gardes. Aussi, après avoir lancé ma Mélinite, ai-je
pris lâchement la fuite, dans la crainte d'éclater... J'ajouterai,
cousine... puisque vous ne m'arrêtez pas... que, du reste, elle
n'avait aucun intérêt à agir sur moi, à travailler lentement, ou
à me briser. Elle savait bien que je ne ferais pas sa fortune et
elle devait attendre, pour commencer ses ravages, une meilleure
occasion, car, je vous l'ai dit, je crois, la mélinite éclate à
volonté.

— A la volonté des autres, tandis que votre Mélinite éclate
à sa volonté, quand elle veut faire du mal.

— Pas toujours. Elle a des caprices soudains, des lubies,
des coups de folies amoureuses qui peuvent l'exposer, elle aussi,
à de sérieux dangers. Jusqu'à présent, elle s'en est tirée, parce
qu'elle n'a pas éprouvé de véritable résistance, qu'elle a brisé
tous les obstacles. Si elle rencontrait un être exceptionnel,
doué de la dureté de l'acier trempé et de l'élasticité du béton
de ciment, qui seuls résistent à la mélinite, elle s'enflammerait
en pure perte, et se consumerait toute seule.

— Eh bien! je souhaite cet être exceptionnel à la misérable
dont vous m'avez trop longtemps parlé... Au revoir, cousin.

VI

22 juin.

Dans l'espoir de trouver, au Bois de Boulogne, un peu de
fraîcheur, après une journée très chaude, j'ai dîné, hier, plus
tôt que d'habitude, et, vers huit heures, je quittais l'hôtel avec
ma dame de compagnie.

A l'Arc de Triomphe, je donnai l'ordre de gagner le Bois par la porte Maillot. Ma livrée et mon landau noir, mon attelage bai brun, mes vêtements de deuil : une robe en cachemire de l'Inde garnie de crêpe, une capote à liséré blanc entourée d'un grand voile, auraient jeté une note trop discordante dans l'avenue du Bois-de-Boulogne, encore très éclairée, et qui commençait à s'animer.

Quelques minutes après, comme je passais devant le pavillon d'Ermenonville, l'idée me vint de m'arrêter au bord de l'allée des Acacias, près de ce restaurant tranquille, moins en vue que la Cascade ou le château de Madrid, et de me faire apporter des glaces, dont ma dame de compagnie et moi avions fort envie, par cette soirée aussi chaude que la journée. Le valet de pied alla les commander, et j'attendais qu'on me servît, lorsqu'une victoria bien attelée, assez bien tenue, vint se ranger au bord de l'allée, comme ma voiture l'avait fait, mais en face de moi.

Dès qu'elle fut arrêtée, la personne qui l'occupait, sans mettre pied à terre, appela un des chasseurs du restaurant et lui dit très haut, de loin :

— Je n'entre pas s'il n'y a personne de connaissance. Informez-vous si le vicomte de Blazac est là.

En entendant prononcer le nom de mon cousin Blazac, je ne pus m'empêcher de jeter un coup d'œil moins indifférent sur ma voisine.

Quelle drôle de petite femme et quelle singulière toilette! Un grand col droit et une cravate à plastron autour de cou; son corps grêle enfermé dans un gilet et une jaquette tailleur, l'un en soie blanche, l'autre en drap noir; sur la tête, un chapeau mou en feutre, comme les hommes en portent l'été, recouvrant à demi des cheveux noirs très courts, frisés au petit fer, ce qu'on appelle, je crois, des cheveux à la Belbœuf. En vérité, dans cet accoutrement, on aurait pu avoir des doutes sur le sexe de la dame, sans la jupe, en ottoman noir, très collante, qui dessinait des formes exiguës encore de ce côté, mais bien proportionnées, bien modelées.

Pendant que je passais cette rapide inspection, un garçon apporta les glaces, et, pour y faire honneur, je m'empressai de relever mon voile noir baissé jusque-là.

A peine mon visage fut-il découvert que ma voisine fit un geste de surprise, comme si elle me reconnaissait; puis, se dressant, tout d'une pièce, dans sa voiture, les mains appuyées sur le siège, sa tête seule le dépassant, elle se mit à me regarder fixement.

J'allais renoncer à ma glace, baisser mon voile, et donner l'ordre de marcher, lorsque tout à coup Blazac, que je n'avais pas vu venir, apparut à la portière de mon landau.

— Comment, cousine, c'est vous! On m'a dit que quelqu'un me demandait, mais j'avoue que je n'espérais pas...

Je me penchai vers lui, et très bas, très vite :

— Ce n'est pas moi qui vous demande. C'est cette dame, en face, dans la victoria. Ne la regardez pas pendant que vous me parlez.

La recommandation venait trop tard. Blazac, le binocle à l'œil, avait déjà regardé et disait :

— Tiens! Mélinite !

Mélinite! Ce fut mon tour de me lever brusquement, instinctivement. Mais, dans la même seconde, je me laissai retomber sur les coussins de la voiture, où je m'enfonçai le plus possible afin de m'éloigner davantage de cette créature, mettre plus de distance entre elle et moi. C'était le mouvement d'une personne à qui l'on dit tout à coup: « Prenez garde, une vipère ! » Elle se dresse pour voir la bête, puis recule, effrayée.

Mais le mouvement que je venais de faire, le premier, me rappela celui de cette femme, lorsque j'avais retiré mon voile. Me connaîtrait-elle? Est-ce qu'elle saurait le véritable nom du

baron de Virmeux? Se serait-elle dit, en me voyant : « C'est la
femme de l'homme que j'ai tué » ? Alors, me penchant de nouveau
pour parler à Blazac, toujours très bas, très vite, le cœur serré:

— Est-ce qu'elle me connaît? demandai-je.

— Très bien, fit-il. L'autre jour, en sortant de chez vous,
l'idée m'a pris d'aller la voir, et à cette question : « Quel bon
vent vous amène? » j'ai répondu : « Je passais sous vos croisées,
je viens de chez ma cousine la duchesse de X... — La duchesse

est votre cousine? — Certainement, et je m'en flatte. — Vous avez raison, car elle est idéalement belle. Je n'ai jamais rien vu de plus complet : charme, distinction exquise, tout y est, et, comme elle est faite... »

Blazac allait continuer, croyant que ces éloges me flattaient, lorsqu'ils m'indignaient au contraire.

— Assez! fis-je nerveusement. Comment me connaît-elle? Où m'a-t-elle vue?

— Dans plusieurs ventes de charité.

— J'étais seule, alors, sans le duc?

— Probablement. Il n'est pas d'usage que les marchandes se fassent assister de leurs maris. Elles vendraient moins, et les pauvres y perdraient.... Elle vous a revue, plusieurs fois, depuis que vous êtes veuve, et elle vous trouve encore plus jolie dans vos vêtements de deuil...

Cette fois, je n'eus pas besoin de l'interrompre; une voix impérieuse cria : « Blazac, ici. »

Mon cousin, qui a conservé quelques vestiges de bonne éducation, feignit de ne pas entendre et ne bougea pas. Mais, craignant un nouvel appel, craignant même qu'on vînt le chercher pour me dévisager de plus près, je baissai mon voile, je m'enveloppai dans un châle et je donnai l'ordre à mon cocher de marcher.

Blazac eut encore le bon goût de rester à la même place, le chapeau à la main, et de ne rejoindre sa... tendresse, qu'après mon départ.

Maintenant pelotonnée dans un coin de la voiture, emportée à travers le Bois dans l'ombre qui s'épaissit, dans le brouillard qui monte des pelouses et des massifs, je revois, malgré tous mes efforts pour chasser son image, celle qui a été ma rivale, celle qui m'a faite veuve... et, chose singulière, au lieu de m'écrier : « Comment a-t-on pu la préférer à moi? Quelle insanité! » au lieu de critiquer ses formes, son visage, je me dis :

« Ses yeux sont petits, mais quel regard! Des yeux d'oiseau
de proie, qui d'abord fascinent leur victime pour en avoir raison
plus aisément... Si le nez est mal dessiné, les narines, très
mobiles, très ouvertes, l'animent, lui donnent de la vie. Elle
ne respire pas, elle aspire..., le sang de ses victimes, sans doute...
toujours comme les carnassiers... Ses dents, très blanches,
sont expressives, justement parce qu'elles sont mal rangées,
un peu pointues. Ah! elles doivent savoir mordre!... Le corps
est grêle, sans doute, c'est un corps de jeune fille plutôt qu'un
corps de femme; mais certains hommes préfèrent, dit-on, l'es-
quisse au fini du dessin, le bouton à la fleur, la jeune fille à
peine indiquée à la femme achevée... Oui, je m'explique, maintenant, qu'on ait pu, qu'on puisse désirer cette créature, le
préférer à d'autres, préférer à toutes. Je m'explique son succès,
sa fortune, qu'elle soit irrésistible, qu'on lui ait donné le surnom
de Mélinite. Je m'explique la trahison, la mort de mon mari. »

Voilà ce que je me disais, la nuit, à travers bois, par un
temps orageux qui m'enfiévrait. Ce matin, je ne me dis plus
rien de tout cela. Je ne m'explique plus rien, et que Dieu me
garde de toute explication.

VII

28 juin.

Depuis que je suis veuve, tout le monde se marie autour de
moi, dans ma maison. C'est une sorte d'épidémie. Ces gens
trouvent-ils donc ma position enviable et prennent-ils le seul
chemin qui puisse conduire au veuvage? Mon intendant a donné
l'exemple, quelques semaines après la mort de son maître. Je
ne l'ai pas remplacé : c'est une grande économie, sous tous les
rapports. Ma dame de compagnie m'a quittée hier pour convoler
en secondes noces. La pauvre! Je ne la remplacerai pas avant

l'hiver... et, même, si je pouvais supprimer l'emploi... Mais voilà que ma femme de chambre, une fille de trente-cinq ans que je croyais vouée au célibat éternel, éprouve le besoin de manger les économies faites à mon service avec un jeune maître d'hôtel des environs. Celle-là, il faut bien que je la remplace : je ne sais malheureusement pas me servir moi-même. Ah! si je savais!

Pour me procurer une nouvelle femme de chambre, j'ai tout simplement, tout bourgeoisement écrit à un bureau de placement de la rue du Faubourg-Saint-Honoré. Mais ce qu'on m'a envoyé ne me convient pas : je voudrais, pour l'été, que je compte passer en pleine campagne, dans ma propriété du Pas-de-Calais, une femme de chambre sachant à peu près son métier, et ayant assez de tenue pour sortir avec moi, si je veux faire une promenade dans le pays. Grâce à cette combinaison, je pourrai trouver, du même coup, pour quelques mois, la femme de chambre et la dame de compagnie, et au lieu d'être condamnée à voir deux visages nouveaux, n'en voir qu'un, ce qui est très avantageux.

Pensant que je m'expliquerai mieux, cette fois, de vive voix, je me suis rendue, ce matin, à l'agence en question. On est allé de ma part prier la directrice de descendre, et, sans quitter mon coupé, je lui ai débité ma petite affaire.

Comme elle s'éloignait et que j'allais continuer les courses nécessitées par mon prochain départ, j'aperçois Blazac qui vient de s'arrêter devant la porte cochère où je stationne encore. Il a le binocle sur le nez et semble chercher le numéro de la maison.

— Blazac!

Il se retourne, me reconnaît, et du même ton qu'il avait dit, trois jours auparavant :

« Tiens, Mélinite! » il fait :

— Tiens, ma cousine Olga!

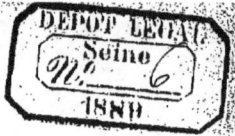

— Oui, c'est encore moi, dis-je en souriant lorsqu'il m'a rejointe. Que ce Paris est bizarre! Des années se passent sans qu'on se rencontre, et dans la même semaine on se retrouve à chaque instant.

— Une semaine bénie, cousine, je la marquerai d'une croix sur mon calendrier. Mais y aurait-il indiscrétion à vous demander ce que vous faites ici, à onze heures du matin?

— S'il pouvait y avoir indiscrétion, je me serais cachée, et je ne vous aurais pas appelé.

— Évidemment, et c'est pourquoi j'ai osé demander...

— Eh bien! je réponds : vous me voyez, devant cette maison, parce qu'il s'y trouve une agence de domestiques.

— Je la cherchais justement, lorsque vous m'avez aperçu.

— Auriez-vous aussi besoin d'une femme de chambre? demandai-je en riant.

— Oui; mais pas pour moi.

— Pour qui donc?

— Pour... au fait, à vous qui savez, je puis le dire... pour Mélinite.

— Ah! fis-je, irritée d'entendre encore prononcer ce nom. Cependant je craignis qu'il s'étonnât de cette mauvaise humeur subite contre une femme qui me portait aux nues, et je m'empressai d'ajouter :

— Elle vous charge donc de ses commissions?

— Mon Dieu oui, cousine, souvent, et je les fais. Que voulez-vous, avec certaines femmes, il faut... éclairer, ou bien rendre de petits services. Je préfère les petits services à l'éclairage... Vous ne vous blessez pas de ces expressions... artistiques?

— Artistiques! Vous êtes dur pour l'art.

— Du reste, c'est un plaisir d'obliger Mélinite, en ce moment. Elle est charmante pour moi, depuis notre dîner au pavillon d'Ermenonville.

— Ah! vous avez fini par dîner ensemble à neuf heures du soir. Il était temps.

— Dans la grande vie, cousine, il n'y a pas d'heure : les déjeuners, les dîners, les soupers, ça se mêle.

— Excellent pour l'estomac!

— On n'en a plus, ça vaut mieux... Pendant ce dîner, nous avons, tout le temps, parlé de vous.

— De moi, avec une telle femme!

— Je ne pouvais pas faire autrement. J'essayais bien de détourner la conversation; elle revenait toujours à ses moutons... je veux dire à son sujet favori : votre incomparable beauté.

— Je vous prie de vous taire, fis-je sévèrement.

— Mon Dieu, cousine, je ne savais pas vous blesser. L'admiration sincère fait plaisir ordinairement. Si on m'admirait, moi!... Du reste, il n'était pas question seulement de votre beauté : Mélinite, comme ses pareilles, est très curieuse de tout ce qui touche aux femmes du vrai monde. Rien d'étonnant : les grandes dames s'occupent bien des petites demoiselles... Aussi, c'était un tas de questions sur votre genre d'existence, vos habitudes, notre parenté... Elle me conseillait de vous voir beaucoup, de vivre dans la bonne société... Bref, tout à fait gentille, si gentille depuis trois jours que je commence à avoir peur.

— Peur de quoi?

— D'elle. Vous savez, l'explosion!

— Elle serait bien tardive.

— Je vous ai dit que la Mélinite pouvait avoir des effets foudroyants, mais qu'elle travaillait lentement aussi... Mi-brisante, mi-lente, voilà mes propres expressions, cousine.

— Oui, je sais, ne recommencez pas, je vous en prie.

— Avec elle, voyez-vous, il faut se tenir sur ses gardes, surtout fin juin, par les premières chaleurs... Je me souviens

qu'une fois, vers la même époque, elle a disparu avec un type...
ah! quel type!... le grand Bonneuil... Vous le connaissez?

— Mais pas du tout.

— Ah! je croyais. C'est un ténor léger : son nom est sur
tous les programmes.

— Il m'a échappé. On n'est pas parfaite.

— Ce Bonneuil avait assez bien compris Mélinite : il s'était
entouré le corps de béton de ciment, et arrivait à lui résister
ainsi, sans éclater... Peu habituée au béton, elle s'entête, et
comme Bonneuil quitte Paris pour aller faire une tournée à
l'étranger, elle s'engage dans la troupe.

— Elle est donc comédienne?

— Oh! dans l'âme! Elle joue la comédie, le drame, elle
chante l'opérette, elle danse au besoin... et un talent pour se
grimer! Cette tournée lui a coûté vingt mille francs.

— Comment, c'était-elle qui payait? Je croyais, au contraire,
que les artistes recevaient des appointements.

— Elle en avait, mais son impresario, le beau Shirmann, un
malin qui connaît les femmes, avait stipulé un fort dédit si elle
rompait l'engagement. Elle l'a rompu, au bout de quinze jours...
Cet imbécile de Bonneuil était sorti de son béton de ciment et
avait sauté... Après l'explosion, plus de Mélinite.

— Et plus de Bonneuil?

— Si. On l'a retrouvé, mais en bien mauvais état : il avait
perdu sa voix. Je crains le même sort, et, pour l'éviter, je
prendrai, je crois bien, dès ce soir, la fuite vers la mer.

— Excellente idée : des bains, des douches, vous en avez
besoin... Adieu, cousin, jusqu'en novembre prochain.

— Un siècle! Vous resterez, tout ce temps, à la campagne,
seule? Comme vous allez vous ennuyer!

— Parce que je serai seule? Vous êtes poli... Dites à mon
cocher, je vous prie, de retourner à l'hôtel.

VIII

26 juin.

Cet après-midi, on m'apporte, dans le petit salon où je me tiens de préférence, la note ci-jointe :

« Madame la duchesse peut avoir toute confiance dans la nommée Louise Bauquet que j'ai l'honneur de lui adresser. Je suis allée moi-même aux renseignements et on m'a fait, sous tous les rapports, le plus grand éloge de cette personne. Je serais heureuse qu'elle pût convenir à madame la duchesse, dont j'ai l'honneur d'être la très humble servante. »

Au bas de ce mot, le nom de la directrice de l'agence à laquelle je me suis adressée, et, dans un coin du papier, l'entête imprimé de la maison.

Je donnai l'ordre d'introduire Louise Bauquet.

Elle me plut au premier abord : ni gaucherie, ni trop d'assurance. Une toilette simple mais en situation, celle d'une femme de chambre destinée à sortir parfois, à la campagne, avec sa maîtresse : petit chapeau fermé en paille, robe princesse en mohair gris, serrée à la taille.

— Vous avez déjà servi comme femme de chambre, mademoiselle? lui demandai-je.

— Oui, madame la duchesse, dans plusieurs maisons.

— Alors vous savez, sans doute, coiffer, et vous pourriez coudre à l'occasion, c'est-à-dire faire un point?

— Mieux qu'un point, madame la duchesse; j'ai toujours taillé et fait mes robes moi-même.

— Je pars demain pour la campagne, une campagne isolée, dans le Pas-de-Calais, près de la mer. Ne craignez-vous pas de vous y ennuyer et de vouloir revenir à Paris, ce qui me mettrait dans l'embarras?

— Madame la duchesse peut être sans crainte, j'aime beaucoup la campagne et la mer.

— Vous a-t-on bien expliqué ce que je désirais : une femme de chambre qui, dans certains cas, pourrait sortir avec moi, m'accompagner?

— Pour cela, je ne puis pas être certaine de convenir à madame. Je la prierai seulement de vouloir bien me regarder, et de se demander si, dans la rue, ou dans les champs, je ne lui ferai pas honte.

Cette réponse, un peu prétentieuse, n'eut rien de choquant, parce qu'elle fut faite d'une voix très douce, les yeux baissés et avec un demi-sourire. La moitié de sourire découvrit aussi, à moitié, des dents que je crus avoir déjà remarquées. Du reste,

depuis un instant, je me disais : ce visage, cette physionomie
ne me sont pas inconnus, j'ai vu ça quelque part. Mais les persiennes fermées, pour cause de soleil, ne me permettaient pas
de bien distinguer, et de plus Louise Bauquet se trouvait à
contre-jour.

Je quittai ma place et, m'approchant de la croisée ouverte,
je repoussai une des persiennes, sans paraître y prendre garde.
Ce mouvement obligea Louise Bauquet à se retourner : elle
faisait face maintenant à la croisée.

Alors, je restai interdite : je crus avoir là, debout, en face
de moi, dans un rayon lumineux, cette Mélinite entrevue, une
seule fois, à la nuit tombante. C'était le même regard, profond,
fascinant, les mêmes narines dilatées, aspirantes, sa bouche
entr'ouverte lascivement.

Mais, tout en la regardant, je me disais : je suis victime
d'une hallucination. A force de m'occuper de cette femme, de
parler d'elle, de songer à elle, j'ai fini par la voir partout.
L'autre soir, au Bois, les yeux fermés, dans la nuit, elle m'apparaissait. Elle m'apparaît, aujourd'hui, en plein jour, les yeux
grands ouverts. Je rêve, maintenant, tout éveillée.

Certainement oui, je rêve : Mélinite est brune et cette fille
est blonde... Eh bien! qu'est-ce que cela prouve? Qu'indiquent,
de nos jours, les cheveux? Si on a le temps, on se fait décolorer.
Pressée, on s'affuble d'une transformation : nuque derrière la
tête, ondulations par devant.

Mais celle-ci est plus grande que l'autre... Eh bien! les
talons Louis XV et les talonnettes intérieures, sans parler de
cette capote en pointe, tandis que la fille entrevue l'autre soir
portait un chapeau d'homme, un feutre mou, aplatissant.

Mais elle paraît aussi plus développée d'épaules et de poitrine, plus replète, plus grasse... Et le capitonnage? Les femmes
maigres ne l'ont-elles pas inventé?

J'y tiens donc? Je veux absolument que ce soit Mélinite.

Quelle folie ! Est-ce qu'elle oserait venir chez moi? Pourquoi y
viendrait-elle? Lorsque je la dévisage ainsi, conserverait-elle
cet air tranquille, ce maintien, ce calme? Pourquoi pas? Blazac
ne dit-il pas qu'elle est comédienne dans l'âme? Les rôles de
soubrette doivent lui être familiers... et du reste, je me souviens : elle a été autrefois femme de chambre. Elle ne fait que
reprendre, aujourd'hui, son ancien métier.

Ah! c'est trop fort! Je ne puis pas chasser cette idée !
Voyons si les deux voix se ressemblent,

— Que désirez-vous gagner? lui demandai-je brusquement.

— Ce que madame la duchesse voudra bien me donner.
Je me permettrai seulement de lui faire observer que, si j'ai
l'honneur de sortir parfois avec elle, cela m'occasionnera des
frais et...

— Je vous en tiendrai compte largement.

Non. Ce n'est pas la même voix. Celle-ci est plus douce,
plus posée... Qu'est-ce que j'en sais? Je ne connais pas l'autre
voix, la vraie... un ordre donné, de loin, au chasseur du pavillon
d'Ermenonville et ces mots criés : « Blazac, ici... » Cela me
suffit-il pour comparer, pour juger?

Ah! je finirai bien par me prouver à moi-même que je rêve.

— Vous m'avez parlé de certificats, repris-je. Ce sont les
papiers que vous tenez à la main?

— Oui, madame la duchesse, les voici.

Elle me tendit plusieurs lettres. J'y jetai un coup d'œil.
Elles portaient toutes des dates antérieures à l'époque où Blazac
disait avoir « lancé » Mélinite.

— Ces lettres sont déjà vieilles, fis-je observer. La moins
ancienne a plus d'une année. Quelles places avez-vous faites,
dans ces derniers temps?

— Une seule. J'étais, et je puis dire que je suis encore, car
je ne l'ai pas quittée, chez Mme de la Bère, rue François Ier, n°...

— Une femme mariée?

—Oui, madame la duchesse, mariée et des enfants. Oh! une dame très respectable.

— Et depuis quand êtes-vous chez elle? demandai-je.

— Quinze mois.

—Je puis prendre des renseignements auprès de cette dame elle-même?

— Très bien. Elle sait que je suis obligée de la quitter pour gagner un peu plus... J'ai de la famille, des charges.

— Quand la trouve-t-on chez elle?

— Toute la journée. Madame sort fort peu.

— Eh bien! j'irai la voir demain matin et, si je suis satisfaite de ce qu'elle me dira, je vous arrêterai.

— Je remercie beaucoup madame la duchesse, car je puis maintenant espérer entrer à son service... Il n'est pas possible que Mme de la Bère lui donne de mauvais renseignements sur moi.

Elle salua d'une façon très convenable et se retira.

Eh bien! cette fois, si je ne suis pas convaincue! Est-il admissible que cette Mélinite soit, à la fois, femme de chambre et « grande marque », comme dit Blazac, qu'elle demeure chez Mme de la Bère et en même temps chez elle, qu'elle dîne au pavillon d'Ermenonville et serve sa maîtresse, qu'elle cherche une femme de chambre et qu'elle en soit une?

Irai-je me convaincre personnellement, voir cette Mme de la Bère? Une course, une démarche bien inutiles! Louise Bauquet paraît tellement sûre de son fait! M'aurait-elle donné le nom et l'adresse de son ancienne maîtresse, m'enverrait-elle aux renseignements, si elle avait quelque chose à craindre?

Décidément, je ne me dérangerai pas et j'écrirai, demain matin, à l'agence, que sa protégée me convient et que je l'arrête.

IX

27 juin, 11 heures du matin.

Dans la soirée et la nuit dernières, j'ai encore revu Mélinite, sous le masque de Louise Bauquet. Elle m'apparaissait, avec le même visage, dans son costume de femme de chambre brune, cette fois, petite et maigre. L'hallucination revenait, ou plutôt mes doutes me reprenaient.

Oui, mes doutes! « Quelle confiance, me disais-je, peut-on

avoir dans ces bureaux de placement? Ne leur est-il pas arrivé
de recommander jusqu'à des malfaiteurs, qu'ils donnaient et
devaient tenir pour d'honnêtes gens? »

Et mon imagination, trop surexcitée, depuis quelques jours,
travaillant de plus belle, fabriquait un petit roman :

Blazac disait à sa Mélinite qu'il venait de me rencontrer à
la porte de l'agence et que je cherchais, moi aussi, une femme
de chambre. Alors, cette fille, curieuse de me connaître davantage, de pénétrer dans la vie d'une honnête femme et d'une
grande dame, cette créature rompue à toutes les audaces, à
toutes les folies, s'était mis en tête de reprendre, pour quelques
temps, son ancien métier, de revenir à sa condition première
et d'entrer à mon service.

Vite en campagne! Elle se déguise, elle se grime, elle se
transforme et court à l'agence. Là, elle montre ses certificats,
les anciens, les vrais, demande une place dans quelque grande
maison, promet d'abandonner son premier mois de gages et
offre, au besoin, quelques louis d'acompte. La directrice, bien
disposée en sa faveur, désireuse aussi de me contenter le plus
vite possible, se dit : « C'est tout à fait l'affaire de la duchesse... »
et m'adresse sa protégée.

Voilà mon petit roman. Soit! Mais Mme de la Bère, chez qui
on m'envoie aux renseignements?... Eh bien! Louise Bauquet
pense que je n'irai pas, justement parce qu'elle m'a dit d'y aller.
C'est ainsi que cela se passe. Moi-même, hier soir, n'étais-je
pas décidée à ne pas me déranger? Suivant toutes probabilités,
il n'existe même pas de Mme de la Bère.

Et s'il en existe une? Si, vraiment, Louise Beauquet est à
son service depuis quinze mois, la sert fidèlement, demeure
encore aujourd'hui chez elle? Dans ce cas, il n'y a plus de
Mélinite. Mon principal personnage, mon héroïne disparaît,
s'effondre, et tout mon roman avec elle. Il importe donc de
constater l'existence ou la non-existence de Mme de la Bère.

A quoi bon? Pourquoi me donner tant de mal? Il suffit que
j'aie des doutes sur Louise Bauquet pour ne pas la prendre.
N'existe-t-il donc pas d'autres femmes de chambre à Paris?

Sans doute... et cependant je voudrais en avoir le cœur net,
je voudrais... Quelle éternelle curieuse je fais!

X

27 juin, 9 heures du soir.

J'en ai le cœur net.

D'abord, j'ai envoyé
chercher Blazac. Je voulais
lui demander : 1° s'il avait
encore parlé de moi à la
nommée Mélinite et s'il lui
avait appris que je cher-
chais une femme de chambre ; 2° si quelque chose lui donnait
à penser qu'elle avait eu l'audace de se déguiser et de venir
chez moi ; 3° quel était son nom, avant qu'il l'eût débaptisée?
S'appelait-elle Louise Bauquet?

Blazac aurait répondu à ces questions. Il peut avoir des

défauts et même quelques vices ; mais il a conservé le respect
de la famille et il ne voudrait pas se faire, par son silence, dans
une aventure où je serais mêlée, le complice d'une fille.

Malheureusement on ne l'a pas trouvé : il est parti hier soir,
sans dire où il allait. Je ne saurais m'en étonner puisqu'il m'a
fait pressentir ce départ prochain. Un dernier tête-à-tête avec
l'*Explosive* aura sans doute augmenté ses craintes imaginaires
ou vraies, et, fidèle à son système, toujours prudent, il a pris
la fuite.

Je ne saurai donc rien de ce côté. Mais il me reste la maîtresse
de Louise Bauquet, Mme de la Bère, chez qui elle prétend servir,
depuis quinze mois, et, tout à coup, je me décide, pour en finir,
pour... ah ! je ne sais pourquoi ! à aller aux renseignements.

Rue François Ier, devant le numéro... j'envoie mon valet de
pied demander si Mme de la Bère habite la maison.

Dans ma pensée, encore en ce moment, le concierge allait
répondre qu'il ne connaissait pas cette dame. Je me trompais.
Elle est sa locataire et rien n'empêche de monter chez elle.

Je me fais ouvrir la portière, et, tout en passant devant le
valet de pied :

— Avez-vous demandé l'étage ?

— Oui, madame la duchesse, au second.

— Suivez-moi ; vous m'attendrez dans l'antichambre.

Maison de bonne apparence, escalier bien tenu. Au deuxième
étage, je m'arrête et je sonne. C'est Louise Bauquet qui vient
m'ouvrir. J'aurais dû m'en douter, puisqu'elle n'a pas encore
quitté sa place, et, cependant, je ne m'attendais pas à la voir.

Sans parler, elle marche devant moi, afin de me montrer le
chemin. J'en profite pour l'examiner... de dos.

Ses épaules sont arrondies, sa taille est bien prise, ses
hanches ont un certain développement. Jamais la femme que
j'ai vue, l'autre soir, au Bois, dans un costume à demi-masculin,
n'a eu cette moitié d'embonpoint. Je crois au capitonnage, mais

dans certaines limites. On la dirait aussi presque grande ; ses
talons, que je distingue parfaitement, ne sont pas démesurés,
et si elle portait des talonnettes, elle ne marcherait pas avec
une telle aisance. Elle est nu-tête, cette fois, et je constate
aussi... oh! sans crainte de me tromper... que ses cheveux,
d'un blond chaud, sont bien à elle, tiennent à sa tête, et qu'ils
ont, comme les miens, leur teinte naturelle.

Elle ouvre une porte, m'introduit dans un salon, m'avance un
fauteuil et me prie de vouloir bien attendre quelques secondes.

Seule, je jette autour de moi un long regard circulaire, dans
l'espoir que l'intérieur de Mme de la Bère m'éclairera sur sa
véritable position sociale. Mais le salon n'a rien de caractéris-
tique. Je l'ai vu, déjà, dans mes promenades aux magasins du
Bon Marché et du Louvre : genre turc, sièges très bas, fauteuils-
coussins, divan, recouverts de grosse moquette de couleur
sombre, tentures, tapis semblables aux meubles. Depuis que
les magasins de nouveautés se sont mis à vendre des mobiliers,
on ne sait plus à quoi s'en tenir : *honnestes* femmes et femmes
deshonnestes se pourvoient aux mêmes lieux et se trouvent avoir
des mobiliers semblables. La garniture de cheminée pourra
peut-être m'apprendre quelque chose? Non. Une simple jardi-
nière garnie de fleurs de saison. Les murs? Des tableaux d'occasion, dans des cadres très dorés, où sont inscrits, en évidence,
des noms illustres. Pauvres grands peintres! Ce qu'on leur
fait signer !... Est-ce que vraiment rien ne me renseignera?...
Ah! sur un petit fauteuil, une grande poupée. Je m'approche.
Comme elle est bien assise... et toute neuve ! Je suis tentée de
croire qu'on vient de la tirer de l'armoire et de la poser sur ce
meuble pour établir la présence d'enfants dans la maison.
Coquetterie maternelle, sans doute.

J'entends un bruit de porte, suivi d'un bruit de pas. C'est
elle évidemment. Une rapide inspection et, cette fois, je serai
fixée.

Jolie femme, blonde, nuance claire, presque cendrée, avec l'accompagnement habituel des blondes : les yeux bleus doux, un peu noyés. Ceux-ci paraissent fatigués, enflammés comme s'il avaient pleuré, et entourés d'un cercle bleuâtre. Le nez est d'un dessin assez correct, la bouche petite, la lèvre sanguine, son teint très animé, si animé qu'on pourrait supposer qu'elle vient de faire une longue course au soleil, ou d'avoir une discussion très vive. Rien à reprendre, au point de vue plastique, si ce n'est que le buste, très plein, paraît manquer de fermeté et que tout le corps semble avoir une légère tendance à s'amollir. Bref, je ne me dédis pas : une belle personne, d'une beauté de convention, sans originalité, sans note personnelle, comme le mobilier.

Tout cela ne m'apprend pas qui elle est. Il y a des blondes et des molles dans toutes les classes de la société. Passons à la toilette :

Robe de lainage, droite, froncée à la taille, couleur vieux rose avec bouquets, flots de rubans et de dentelles. Coiffure à l'anglaise pour reposer la tête, cheveux nattés, légères ondulations sur le front. Aux pieds qui paraissent petits pour la taille, au-dessus de la moyenne, souliers très simples en chevreau noir.

C'est bien la toilette d'intérieur d'une femme qui sait vivre et connaît son monde. Une bourgeoise se serait parée, ajustée, cinglée, pour me recevoir et me faire honneur. Une demi-mondaine, une demi-artiste, ou une de ces demoiselles se serait dit : « Toi, tu m'ennuies avec tes renseignements. Qu'est-ce que cela me fait que tu sois duchesse! Je ne te connais pas et je ne vais pas me gêner pour toi, » et elle aurait tout simplement passé un peignoir, ou un saut-de-lit, et roulé ses cheveux. Mme de la Bère est dans la note exacte, et je commence à pouvoir la classer.

Elle s'avance vers moi, lentement, d'un pas un peu traînant,

un pas d'Orientale fatiguée, de femme de harem; toujours le genre
turc. Elle veut, sans doute, se donner le temps de me bien regarder, de me juger, et j'ai lieu de croire que son jugement m'est
favorable, car ses sourcils se froncent et son sourire, d'abord
très accentué, devient plus indécis. Je suis habituée à ces effets-
là. Au moment de me rejoindre, elle décrit un cercle, afin de
se placer à contre-jour, le dos à la fenêtre, et de me laisser en
pleine lumière. C'est un jeu que j'ai aussi remarqué : une
maîtresse de maison connaît son terrain. Elle en profite pour
faire valoir sa beauté, et contrarier la beauté des autres.

Assise enfin, elle me dit sans embarras :

— Alors, madame, vous avez l'intention de m'enlever ma
femme de chambre?

Le sourire est revenu sur les lèvres et corrige ce que la
phrase pourrait avoir d'un peu agressif.

Je réponds, non moins souriante :

— Je ne vous enlèverai votre femme de chambre, madame,
que si vous voulez bien le permettre.

— Il faut, hélas! que je le permette, reprend-elle avec un
soupir, et, baissant la voix, se rapprochant de moi, comme si
elle voulait me confier un secret, elle ajoute :

« Mon mari est dans les affaires, et elles ne sont pas très
brillantes, en ce moment. J'ai deux enfants, je dois beaucoup
compter ; une femme de chambre ne peut prétendre chez moi
qu'à des gages ordinaires. Louise Bauquet désire gagner
davantage, non pas pour elle, mais pour les siens, et, comme
je lui porte intérêt, je la laisse partir. J'ai même été la première
à lui conseiller de chercher une position meilleure.

Cet aveu trop précipité, trop bien tourné, devait avoir été
un peu préparé; mais il avait été fait d'un ton naturel, avec une
certaine grâce. Décidément je me trouvais en présence, non pas
d'une femme de mon monde, mais d'une femme comme il faut,
et je me sentais gênée, depuis qu'elle m'avait avoué, si franche-

ment, sa médiocrité de fortune. Je souffrais de penser que...
seulement parce que j'étais plus riche qu'elle... j'allais lui
prendre une servante à laquelle elle semblait attachée. Aussi
je ne pus m'empêcher de dire :

— Je suis vraiment désolée...

Elle m'arrêta :

— Désolée, pourquoi? Si Louise n'entre pas chez vous,

madame, elle n'en cherchera pas moins une autre place et ne
tardera pas à me quitter. Je vous prie donc de ne vous gêner
aucunement, si elle vous convient.

Plus à l'aise, je répondis :

— C'est sur vous seule, madame, que je compte pour savoir
si elle peut me convenir... Vous devez bien la connaître si elle
est à votre service, comme elle l'affirme, depuis plus d'une
année.

— Oui, depuis quinze mois.

— Et vous n'avez jamais eu à vous en plaindre?

— Je n'ai eu qu'à m'en louer.

— Intelligente, n'est-ce pas?

— Oh! pour cela, oui.

— Travailleuse?

— Très travailleuse, et un bon travail. Rien ne l'arrête, elle
ne connaît pas la fatigue. Le jour, la nuit, quand j'ai eu besoin
de ses soins, je l'ai trouvée bien disposée, toujours prête.

— Et sous le rapport de l'honnêteté?

— Oh! l'honnêteté d'une femme de chambre ne peut se
constater que si rien ne disparaît dans la maison, et rien ne
m'a jamais manqué depuis quinze mois. De mon côté, il est
vrai, je lui ai toujours donné ce qu'elle semblait désirer. Quand
on est satisfait du travail des gens, c'est bien le moins qu'on
essaye, à son tour, de leur procurer quelques petits jouissances.

— Évidemment, et j'agirai comme vous, madame.

— Je n'en doute pas, et elle l'espère aussi.

— Elle vous a peut-être dit mes intentions à son sujet,
pendant mon séjour à la campagne. Elle sortira quelquefois
avec moi. Elle me tiendra même compagnie, car je serai bien
seule, cette année, là-bas. Pensez-vous, madame, qu'elle soit
capable de me satisfaire sous ce rapport?

— Oh! fit-elle vivement, elle est capable de tout. Du reste,
elle a occupé, chez moi, ce double emploi. C'est une fille bien

élevée qui ne manque pas d'une instruction relative, et avec
laquelle, je ne le cache pas, je m'entretiens volontiers... Je ne
la remplacerai pas facilement, ajouta-t-elle avec un sourire
un peu triste, un sourire de regret à l'idée qu'elle risquait fort,
après ces renseignements, de perdre sa femme de chambre.

En effet, pourquoi aurais-je hésité davantage ? N'avais-je
pas acquis des preuves certaines, matérielles et morales, en
quelque sorte, qu'il n'existait aucun rapport entre Louise Bauquet et cette Mélinite ? Pouvais-je, en même temps, espérer des
renseignements meilleurs que ceux qu'on me donnait ? Quelles
raisons Mme de la Bère aurait-elle pu avoir de me tromper ? Son
désir de conserver une femme de chambre modèle était évident,
et, si elle lui avait connu des défauts, elle se serait empressée de les dire, pour m'effrayer et me faire renoncer à mon
projet.

— Il ne me reste plus, madame, dis-je en me levant, qu'à
m'excuser de vous avoir ainsi dérangée, et à vous remercier
très vivement de votre bonne grâce à me répondre.

— Alors vous êtes décidée à la prendre ? demanda-t-elle.

— Oui, et je l'ai été par vous : tout ce que vous m'avez dit
me donne la certitude qu'elle me conviendra.

— Oh! beaucoup! Vous ne pourrez plus vous en séparer
lorsque vous la connaîtrez bien à fond. Je crois aussi, ajouta-
t-elle avec une teinte d'amertume, qu'elle se séparera plus difficilement de vous que de moi.

— Pourquoi ? La place qu'elle quitte est excellente.

— Celle qu'elle occupera, prochainement, est encore
meilleure. Elle sera séduite par une foule de choses que je ne
puis pas lui donner... puis la nouveauté. Toutes les femmes
aiment le changement. Une nouvelle maîtresse a des attraits
que l'ancienne n'a plus.

Décidément elle la regrettait beaucoup. Un peu trop peut-
être. C'était donner une importance exagérée à une femme de

chambre. Elle en avait fait, il est vrai, une sorte de compagne, d'après son propre aveu. Pour en finir, je demandai :

— Quand vous plaît-il, madame, que Louise Bauquet passe de votre service au mien? Veuillez fixer vous-même le jour.

— Prenez garde. Je vais abuser.

— Abusez.

— Comme je vous l'ai dit, je la remplacerai difficilement, et je voudrais profiter de ses derniers jours chez moi, pour certaines petites choses qu'une autre ne saurait faire aussi bien. Est-ce trop indiscret de vous demander une semaine?

— Non. Seulement, comme je pars après-demain, elle devra me rejoindre à la campagne. Je lui laisserai mon adresse.

— Merci mille fois. Voulez-vous que je l'appelle ?

— Ne vous donnez pas cette peine. Je lui parlerai dans l'antichambre.

— Alors je vais la sonner pour qu'elle vous reconduise, et je vous laisserai ensemble, par discrétion.

Je saluai et je sortis.

Louise Bauquet, qui aussitôt se présenta, me parut inquiète, anxieuse de connaître le résultat de mon entretien avec sa maîtresse.

— C'est entendu, mademoiselle, lui dis-je, je vous arrête.

Et, en même temps, je lui glissai cinq louis dans la main.

— Je remercie madame la duchesse, fit-elle, d'une voix où perçait une certaine émotion. Quand devrai-je me mettre à ses ordres?

— La semaine prochaine seulement. Mme de la Bère désire vous garder huit jours encore.

Il me sembla que ce retard la contrariait. Peut-être craignait-elle de me voir changer d'avis, pendant ces huit jours. Peut-être aussi, connaissant mieux que moi Mme de la Bère, se demandait-elle si on n'allait pas la surmener, dans cette dernière semaine. Tout en faisant cette réflexion, j'écrivais

quelques mots sur mon carnet. Puis, après avoir déchiré le
feuillet, je le lui remis en disant :

— Vous n'aurez qu'à vous conformer à ces instructions.

Cette grande affaire est donc terminée. C'est la première
fois que je me suis donné tant
de peine pour une femme de
chambre.

XI

2 juillet.

Me voici installée depuis trois jours, chez moi, dans le Pas-
de-Calais, aux Ruines. Ce nom de Ruines, appliqué à la propriété que possède ma famille, depuis pas mal de siècles, ravit

le duc lorsqu'il m'entendit le prononcer pour la première fois :
« Un vieux château, n'est-ce pas ? me dit-il. — Non pas, répondis-je, une demeure très moderne, au contraire, une grande villa plutôt qu'un château, construite par mon père, sur le plateau qui s'étend du Portel, un village de pêcheurs, à Boulogne-sur-Mer. » Et, comme il s'étonnait alors qu'on appelât Ruines une villa moderne, je lui donnai quelques explications : Dans le parc, au ras de la falaise aujourd'hui, par suite de nombreux éboulements, se dresse encore, se tient à peu près debout, un ancien château seigneurial, avec ses tourelles en briques, ses douves et son pont-levis, près duquel on peut voir en saillie dans la muraille, et respectées par le lierre, les armoiries des comtes de Boulogne, car je descends, presque directement, de ces puissants seigneurs qui portaient d'or aux trois tourteaux de gueule.

C'est dans ce château que Mathieu d'Alsace, un des comtes susdits, vint cacher, en attendant le mariage, la belle Marie, abbesse de Ramsay, alliée des rois d'Angleterre, qu'il avait enlevée à main armée pour la forme, au fond avec son consentement. Suis-je bien sûre du consentement ? Non. L'histoire est si vieille ! Mais, la jolie abbesse fait partie de mes ancêtres, et je préfère, par esprit de famille, qu'elle n'ait pas été victime d'un rapt, qu'elle ait plutôt obéi à son cœur. Rien de plus probable, à une époque où le cœur parlait beaucoup, battait fort, tandis que l'esprit sommeillait forcément, faute de distractions. Aujourd'hui, c'est le contraire : la tête des femmes travaille tellement que le cœur reste inactif et ne part plus en guerre, à la suite d'un beau chevalier, comme au bon vieux temps.

L'abbesse de Ramsay, dans sa tourelle, avait cependant sous les yeux un spectacle fait pour la distraire et la charmer. Moi, dès que j'arrive aux Ruines, je suis absolument prise par le paysage, je dirais même empoignée, si je l'osais... et je l'ose. Il est vrai qu'aujourd'hui les points de vue sont beaucoup plus variés qu'ils ne l'étaient en 1160, l'année des amours du comte et de l'abbesse. Sur la hauteur et descendant jusqu'au vallon, la vraie campagne reposante, des champs très verts, teintés de fleurs. Au versant du coteau, le petit sanctuaire de l'Ave Maria, consacré à la patronne du pays, à l'Étoile de la Mer. Plus loin, au fond, la vallée de la Liane, et sa rivière que le soleil argente.

Si je fais demi-tour à gauche sur mon balcon, j'aperçois le village du Portel, pittoresque, laborieux, remuant, les jours de grande pêche, avec ses matelots et ses matelotes, les descendants, assure la légende, de pêcheurs basques ou espagnols, implantés dans le pays à la suite d'un naufrage, naufrage heureux, dont il faut se réjouir : les Porteloises lui doivent des yeux vifs et noirs, des cheveux châtain foncé, des petites mains et de jolies dents.

Devant moi, à perte de vue, la mer, une mer bien rarement calme, presque toujours nerveuse, agitée. Elle se sent mal à l'aise, trop à l'étroit entre les côtes, et fait une vie de tous les diables pour sortir de son lit, agrandir son domaine; une mer très vivante aussi, très habitée, sans cesse sillonnée par de grands navires, courant toutes voiles au vent, leurs grandes ailes ouvertes, des paquebots fumant et sifflant, des flottilles de bateaux de pêche, noyés dans la brume, ou se détachant tout blancs sur un fond bleu.

Le soir, la nuit, je suis encore sous le charme, un charme encore plus pénétrant. Boulogne, ses quais, ses maisons, son port, avec ses navires grands et petits, toute sa partie basse se noie, disparaît peu à peu dans les vapeurs montant de la vallée et de la rivière, tandis que la ville haute, étagée le long de la falaise, rougit aux derniers rayons du soleil couchant et s'éclaire pour la nuit.

La mer, en même temps, s'illumine sur la plage de sable. Dans la vague blanchâtre qui vient y mourir, des étincelles, des phosphorescences. Sur la jetée, pour indiquer l'entrée et la profondeur du chenal, des feux fixes rouges et verts, ou des feux blancs de marée. Le long de la côte, pour en dire les dangers, des phares de toutes grandeurs, dont l'œil se plaît à suivre les évolutions, les changements de couleurs, et, au-dessus d'eux, les dominant, les éteignant, le grand phare électrique du cap Gris-Nez, le point extrême de la France, à cinq ou six lieues de l'Angleterre. A l'horizon, les feux de position des grands paquebots, et plus modestes, moins brillants, mais aussi plus nombreux, les fanaux des bateaux de pêche. Ici, le regard s'attendrit. Que de dangers courent ces barques : la tempête, l'abordage, fréquents dans cette mer étroite où se pressent tant de navires allant et venant du nord au sud, de l'est à l'ouest, perdus souvent dans les brouillards que ne peuvent percer ni la lumière des fanaux, ni la lumière des phares! Alors, au large, on entend le bruit sinistre de la sirène, ce cri des bateaux à vapeur en détresse. C'est le courrier anglais qui ne peut trouver l'entrée du port et appelle. Le canon, placé sur la jetée ouest de Boulogne, lui répond et le guide dans la nuit noire. Le son remplace la lumière.

Oui, j'ai une prédilection pour ce pays de Boulogne, mon pays, pourrais-je dire, puisque mes ancêtres y ont vécu, guerroyé, aimé, témoin le comte Mathieu d'Alsace et la belle abbesse Marie. Lorsque je suis lasse de mon horizon, je vais en chercher d'autres. Quelques minutes, ou quelques heures de voiture, et me voici soit à Equihen, au milieu des pêcheuses de moules, oh! des moules supérieures, premier choix, grande marque, soit aux Cent-Dunes, soit à la forêt d'Hardelot, soit encore sur la route de Calais, à Wimille, ou à Wimereux, plus loin dans la baie de Wissant, toujours plus loin, si la grande solitude, les cris des corbeaux ne m'effrayent pas, au cap Gris-Nez, d'où je distingue, par les beaux jours, la côte d'Angleterre, Douvres et son château.

Souvent, il m'arrive de faire une simple promenade à pied

MELINITE. 9

dans la haute et vieille ville de Boulogne, si distincte de la
nouvelle, et entourée d'un cercle de puissantes murailles qu'on
dirait destinées à la bien séparer de sa voisine. « N'allez pas
nous confondre l'une avec l'autre, semblent dire ces vieux murs
au passant et au voyageur. La ville qui s'étend autour de moi,
m'enserre, m'étreint, veut m'embrasser, et que je tiens à distance,
ne mérite pas vos regards, n'est digne d'aucune considération.
C'est une bourgeoise, une parvenue, une pas grand'chose. Moi
seule, je mérite vos regards, vos respects. Songez donc : je
date des Romains, de Jules César. Oui, parfaitement. Je m'ap-
pelais alors Bolonia, d'où l'on a fait Boulongne, cela va de soi.
J'ai vu Attila le roi des Huns, le grand Charlemagne, Philippe-
Auguste, qui rétablit mes fortifications, et Édouard II, roi
d'Angleterre. Il épousa dans Notre-Dame, ma cathédrale,
Isabelle, la fille du roi de France Philippe le Bel. Quatre
rois, quatre reines, un tas de princes et de princesses
assistaient au mariage. Je me les rappelle très bien. Et des
sièges, en ai-je soutenu ! J'ai résisté, un mois, à trente mille
Anglais et à cent pièces d'artillerie... Plus tard, de mon beffroi,
j'ai vu Napoléon Iᵉʳ et la Grande Armée. Ma grosse tour a eu
l'honneur de garder prisonnier, quarante-huit heures, Napoléon III. Voilà, je pense, de vrais titres de gloire ! Que la jeune
ville en montre autant. »

Sans écouter plus longtemps ces vieux murs rabâcheurs, je
les franchis, je monte un escalier vermoulu et me voici
sur les remparts, des remparts couverts d'arbres, de tertres
gazonnés, un vrai jardin suspendu. Quelle jolie promenade dans cette allée circulaire, quels points de vue variés!
Des collines, des vallées, des cours d'eau, des bois, des
échappées sur la pleine mer et, n'en déplaise à la vieille ville
si orgueilleuse, un Boulogne moderne, très réjouissant à l'œil
avec ses maisons neuves, ses édifices nombreux, son port de
commerce, son casino, ses bains, son chemin de fer, son mou-

vement, sa vie. Mais, quand j'ai admiré à droite, pour ne pas faire de jaloux, je passe de l'autre côté du rempart, je me penche à gauche, et dans un trou, comme dans un puits, j'aperçois le vieux Boulogne. Eh bien! faut-il l'avouer? j'aime beaucoup cette ville aux rues étroites, aux maisons basses, aux jardins sombres, ce petit coin silencieux, somnolent, mort. Je me surprends à me dire que je voudrais vivre là-dedans. Ce serait le calme, le repos... et l'ennui, dira-t-on. Oui, l'ennui, peut-être. Mais il préserve des ennuis. Le premier vient d'une existence trop uniforme, trop régulière. Les autres sont causés par une vie agitée, accidentée, qui ne s'appartient guère, qui obéit à tout et à tous. Que doit-on préférer, l'ennui ou les ennuis, puisque ces deux mots, singulier ou pluriel, disent des choses distinctes? Je préfère... aller au casino.

Et j'y vais, ou plutôt j'y allais du temps de mon mari. Un très beau casino, vaste, élégant, bien situé sur la plage, à l'entrée du port, avec un grand jardin fleuri, une belle salle de concert et de spectacle où nous avions notre loge, car le duc, qui a fini par aimer Boulogne comme je l'aime, et voulait y attirer les étrangers, protégeait son casino et ne dédaignait pas de s'y montrer avec moi.

Quelquefois même, il m'est arrivé d'entrer à son bras dans les salles de jeu et de risquer bravement un louis aux petits chevaux. Si je perdais mon louis, je faisais la moue. S'il m'arrivait de gagner, j'avais un sourire aimable pour le cheval victorieux.

C'est drôle, le jeu! Les plus riches s'y laissent prendre : ils dépensent, ou donnent de grosses sommes, sans compter, avec la plus complète indifférence, et ils sont sensibles à un tout petit gain, à une toute petite perte. Homme, je crois bien que j'aurais joué pour le plaisir, l'émotion. Quoique femme, mais toujours accompagnée de mon mari, bien entendu, j'ai essayé, une fois, du baccara. Oui, j'ai osé pénétrer, certain soir, après

le spectacle, dans le cercle du casino de Boulogne. Gontran
ne voulait pas. Son bras résistait au mien qui essayait de
l'entraîner.

— Ce n'est pas votre place, me disait-il.

— Comment ! ce n'est pas ma place ! A Paris, vos cercles
sont interdits aux femmes. Il nous
est même défendu d'y jeter un
petit coup d'œil, d'entre-bâiller
la porte. L'été seulement, à la mer,
aux eaux, on daigne
nous permettre l'en-
trée de vos repaires.

Et je ne profiterai pas de cette tolérance ! je ne me glisserai
pas là-dedans, pour voir comment c'est fait !

— Cela ne ressemble en rien à nos clubs de Paris, ma chère.
Vous ne vous en ferez aucune idée.

— Mais si. J'aurai un aperçu de la chose, et avec de l'imagination... Vous savez que j'en ai beaucoup... je me figurerai le reste.

Le duc hésitait encore, lorsque le fermier du casino, M. Hirschler, nous reconnaît et vient à nous. Charmant, M. Hirschler! Il est bien élevé, d'une tenue parfaite, plein de courtoisie pour les baigneurs, les nombreux artistes de passage chez lui, toutes les personnalités qui visitent Boulogne, et dirige son entreprise avec activité, intelligence, une grande honnêteté surtout. M. Massa, le directeur des jeux, un intelligent et un honnête homme aussi, d'après mon mari, qui a eu occasion de le juger, et qui ne juge pas légèrement, se joint à lui pour nous prier d'entrer. Comme j'en meurs d'envie, le duc finit par céder.

Un grand salon meublé de beaucoup de chaises et de trois grandes tables vertes, autour desquelles se tiennent, assis ou debout, une centaine de personnes, moitié hommes, moitié femmes, ce qui permet de constater tout d'abord que, si je suis curieuse, j'ai des imitatrices. Quelles sont ces dames? Voyons. Pas trop mal; pas trop mêlées. Il paraît que MM. Hirschler et Massa sont très stricts. Cependant cette petite rousse, à laquelle ce grand blond parle de si près dans le cou, est-elle bien orthodoxe? Je fais part de mes doutes à Gontran, qui me répond :

— C'est peut-être une Anglaise, et avec les Anglaises on ne peut jamais savoir. De l'autre côté du détroit, elles ne sont pas mariées ; de notre côté, elles le sont. Le mariage s'est fait pendant la traversée.

— Duc, vous êtes léger.

— Duchesse, pourquoi m'avez-vous conduit ici?

Je l'interromps pour lui dire, en lui désignant une grande femme blonde assez jolie :

— Je la connais, celle-là, je l'ai vue quelque part.

— A Boulogne, où elle était matelote. Quelqu'un l'a trouvée

jolie et l'a épousée. Les matelotes font fureur ici, avec leurs longues boucles d'oreilles en or, leur bonnet blanc tuyauté qui ressemble à un grand éventail ouvert posé sur la tête. Les unes jettent leur bonnet par-dessus les moulins ; les autres, comme celle-ci, le remplacent par un voile nuptial.

— Merci... Que d'Anglais, mon Dieu ! J'en vois de tous côtés.

— Boulogne en est plein. C'est un tour qu'ils jouent à Napoléon 1er. Campé, là-bas, sur les hauteurs, il les menaçait autrefois d'un débarquement qui ne s'est jamais effectué. Eux, ils n'ont par menacé, mais ils débarquent, tous les jours, à toutes heures, chez nous. Boulogne est devenu une colonie anglaise.

— Tant mieux, ils lui apportent de l'argent... Tenez, en voilà un qui sort de son portefeuille une liasse de banknotes. Est-ce qu'il va la risquer au baccara ?

— Non, il la montre seulement pour éblouir les joueurs. Voyez : leurs regards s'allument. Ils se disent : « A nous tout ça... » C'est l'Anglais qui, dans un moment, les ratissera... pardon de l'expression, duchesse... parce qu'il est plus prudent au jeu, plus maître de lui que le Français. Vous allez juger vous-même. L'homme aux banknotes prend la banque. Il va tailler. C'est le mot technique. Observez-le.

— J'ai envie, dis-je timidement, de jouer contre lui pour mieux me rendre compte. Permettez-vous ?

— Oh ! je veux bien. Du moment que vous êtes ici...

— Que faut-il faire ?

— Placez votre argent sur la table, tenez, là...

— Tiens ! On me l'a enlevé.

— C'est que vous avez perdu.

— Je vais recommencer et doubler.

— Doublez.

— Encore perdu ! Je redouble.

— On appelle ça courir après son argent, une grave imprudence... Tenez ! que vous disais-je ?

— Alors je vais redoubler. Il ne peut pas gagner tout le temps, cet Anglais.

— Non, et il le sait bien. Aussi vient-il de lever la banque.

— Comment, m'écriai-je, il se sauve avec mon argent !

— Il ne fallait pas le lui donner. Vous vous êtes emballée... encore une expression technique.. tandis que, lui, il ne s'emballe jamais... De là sa force et la force des Anglais. Ils nous regardent de sang-froid, profitent de toutes nos fautes et s'enrichissent, s'agrandissent à nos dépens.

— Oh! si je prenais, la banque, si je taillais, peut-être s'emballerait-il à son tour, comme vous dites.

— Prendre la banque, vous ! Il ne manquerait plus que cela! Du reste les femmes ne peuvent pas la prendre. C'est défendu.

— Par qui ?

— Par le Ministère de l'Intérieur, police des jeux.

— Pourquoi cette défense ?

— On suppose que les femmes ne doivent pas savoir tenir les cartes, et qu'elles font des maladresses.

— Il y a un avantage à les tenir ?

— Un très grand : on a plus de chances de n'être pas volé.

— Alors les hommes, en tenant les cartes, peuvent voler les femmes, et les femmes ne peuvent pas leur rendre la pareille ?

— Précisément.

— Il est moral, votre ministre de l'Intérieur !

— Ah ! permettez, fit le duc en souriant, ce n'est pas mon ministre. Mon parti ne nomme pas les ministres, il les subit.

— Allons-nous-en, dis-je en prenant son bras. J'ai assez vu.

— Et assez perdu?

— Trop !... contre un Anglais, c'est humiliant.

— Non, c'est naturel.

Voilà le récit véridique de ma visite au cercle de Boulogne.
Pourquoi ce souvenir, aujourd'hui ? Ah ! c'est que, dans ce
pays, tout me rappelle mon mari... et c'est peut-être pour cela
que j'y suis revenue !... Quelles bonnes journées passées
ensemble, à notre balcon, dans le parc, ou à courir la campagne.
la ville !... Si, depuis une heure, j'écris, je décris, c'est que j'ai
vu tout cela avec lui, que nous avons tout admiré avec les
mêmes yeux, le même esprit, la même âme... Quel fin causeur !

Comme il racontait bien, gaiement ! Comme il savait m'instruire,
sans jamais me fatiguer !... On le disait froid. Lui ! Que de
fois je l'ai vu s'enthousiasmer pour une belle action !... Oui,
mais il s'est aussi passionné pour une bien laide et méprisable
créature. Comment a-t-il pu ? Ah ! si je la tenais... S'il m'était
possible de lui rendre le mal qu'elle m'a fait, de la tuer, comme
elle l'a tué... je crois bien qu'avant de me donner ce plaisir,
cette grande jouissance, je l'interrogerais, je voudrais savoir !

XII

4 juillet.

Louise Bauquet est arrivée, hier, au jour et à l'heure indi-
qués. Je lui ai trouvé les yeux battus, la figure tirée. Le voyage
de Paris à Boulogne ne pouvant l'avoir beaucoup fatiguée, je
suppose que Mme de la Bère, ainsi qu'elle me l'a fait pressentir
du reste, l'aura surmenée dans ces derniers temps. Mais, avec
moi, qui ne lui demanderai pas un bien grand travail, et l'air
de la mer aidant, elle se remettra vite. Les figures chiffonnées,
comme la sienne, se chiffonnent encore davantage pour un
rien. La beauté du diable s'altère plus aisément qu'une beauté
sérieuse, dont les traits conservent leur régularité, la pureté
des lignes, même à la suite d'un peu de fatigue. Car je suis
trop juste pour ne pas le reconnaître, cette fille, sans être jolie,
a quelque chose de très agréable. Au dernier siècle, les hommes
auraient dit, en la voyant : « Elle a l'œil fripon, le regard assas-
sin. » Aujourd'hui, ils doivent lui appliquer cette phrase dont
ils abusent, mais qui rend assez bien la pensée : « Elle n'est
pas jolie ; elle est pire que jolie. »

Belle ou laide, peu importe, si elle fait leur affaire, et je
crois qu'elle la fera. Mme de la Bère pourrait bien ne m'avoir

pas trompée, en me la donnant comme une femme de chambre modèle, capable à l'occasion de me tenir compagnie. Pour établir, auprès de mes gens, que je la destine aussi à ce second emploi qui la met au-dessus de la domesticité, je lui ai désigné une chambre voisine de la mienne, et j'ai décidé qu'elle déjeunerait et dînerait seule, à part, à mes heures. J'atteins ainsi mon but : je la relève aux yeux des autres, je suis moins isolée, la nuit, dans cette grande demeure, bien vide aujourd'hui que le maître n'y est plus et que j'ai réduit de beaucoup le nombre de mes serviteurs. Enfin, s'il m'en vient le caprice, je puis, en sortant de table, faire appeler ma dame de compagnie pour me promener avec elle. Son service n'en souffrira pas : il sera fait, lorsqu'elle s'absentera, par une jeune fille du pays, placée sous ses ordres.

Tout cela bien réglé, hier, après le dîner, j'ai passé la soirée à rêvasser sur mon balcon, à contempler la mer, et je me suis couchée, quand le sommeil est venu, sans appeler personne. C'est donc ce matin seulement qu'il m'a été permis d'apprécier Louise Bauquet, d'abord comme femme de chambre.

Désireuse sans doute de me montrer son zèle, dès le début, de me donner, le plus tôt possible, la preuve de son savoir-faire, elle épiait mon réveil. A peine mes yeux étaient-ils entr'ouverts, qu'elle s'est glissée chez moi et que, doucement, sur la pointe des pieds, sans tâtonner, comme si elle y voyait, elle a gagné la croisée pour tirer les rideaux, avec précaution, dans la crainte de m'aveugler trop vite.

— Fait-il beau ? lui ai-je demandé pour dire quelque chose, pour affirmer mon réveil.

— Un temps superbe, madame la duchesse.

— Quelle heure est-il ?

— Neuf heures.

— Oh ! comme c'est tard ! Ici, d'ordinaire, je suis plus matinale. Je vais me lever.

Aussitôt, très vive, mais toujours sans bruit, elle s'est approchée de mon lit, a trouvé, en une seconde, ce qu'il me fallait pour me lever, comme si elle avait tout rangé elle-même la veille, et, s'agenouillant, elle s'est mise en devoir de me passer mes bas. D'ordinaire, je fais cela moi-même : mon ancienne femme de chambre s'y prenant assez mal. Celle-ci m'a paru d'une telle adresse que je l'ai laissée faire. Elle habillait sans doute, de la tête aux pieds, ses anciennes maîtresses, et, pour ne pas déchoir dans son esprit, je ne lui ai pas montré, en sautant toute seule du lit, que les duchesses se font souvent moins servir que les bourgeoises.

Comme il ne saurait suffire, pour être une bonne femme de chambre, de savoir chausser et mettre un peignoir, j'attendais, pour la juger, un autre tour d'adresse, un exercice plus difficile. Après avoir pris mon déjeuner du matin, qu'elle me servit sur le petit guéridon habituel, car d'instinct elle connaissait déjà toutes mes manies, je passai dans mon cabinet de toilette et je lui dis de me coiffer.

— Quelle coiffure désire madame la duchesse? me demanda-t-elle.

— La même, celle-ci. Tant que durera mon deuil, je ne pourrai guère en porter d'autre.

— C'est que, fit-elle observer doucement, madame ne pourra guère me juger sur une coiffure aussi simple.

— Ah! vous pensez, fis-je gaiement, que je désire être fixée sur vos talents.

— Ce serait bien naturel.

— En effet, et comme il est naturel aussi de vous donner l'occasion de les montrer, coiffez-moi à votre goût. Si vous faites trop beau, si ce n'est pas assez simple, vous déferez ensuite. Il s'agit seulement, pour cette fois, d'un essai sur ma tête, qui va devenir une simple tête en bois.

Elle rit, comme je riais moi-même, mais d'une façon dis-

crète, respectueuse. Puis, elle se mit à l'œuvre, et, je dois
l'avouer, jamais je n'avais senti courir sur ma tête une main
plus habile. Si, dans mes cheveux dénoués, répandus en flots
longs, pressés, sur mes épaules, et qu'elle peigna d'abord, son
peigne rencontrait une petite mèche rebelle, trop mêlée, au
lieu d'appuyer, d'essayer de briser l'obstacle, ce qui brise en
même temps les cheveux, elle dénouait doucement, de ses
doigts légers que je sentais à peine, et triomphait par l'adresse
de toutes les résistances.

On aurait pu lui reprocher d'apporter trop de lenteur à ce

premier travail, de s'y complaire en quelque sorte, d'avoir la
main paresseuse. Mais je ne songeais pas à me plaindre,
m'assoupissant peu à peu, comme il arrive parfois, sous la
caresse du peigne. Cette somnolence, cet alanguissement, que
je n'avais jamais éprouvés en pareil cas, me donnaient une
sorte de bien-être, me procuraient une petite volupté douce,
bien permise, et je m'y laissais aller.

Mes yeux, cependant, n'étaient pas tout à fait fermés : au
travers des cils, très rapprochés, mais encore disjoints, je
voyais, dans la glace placée devant moi, Louise Bauquet lever
et abaisser les bras, passer de droite à gauche, se reculer aussi
pour se rendre compte de l'effet, pour juger son ouvrage qui,
maintenant, s'avançait. Elle devait en être déjà très satisfaite :
par instant, penchée sur moi, elle semblait admirer et comme
en extase. De mon côté, à moitié endormie, je la suivais d'un
regard complaisant, et je ne pouvais me défendre de la trouver
des plus gracieuses dans tous ses mouvements, dans toutes ses
poses, d'une physionomie si variée d'expression, avec ses yeux
changeants, ses narines battant l'air, et le petit bout de langue
que, dans le feu du travail, elle promenait sur ses lèvres rouges.
Ce n'était plus la femme de chambre réservée, correcte, que
j'avais vue chez moi et chez Mme de la Bère. C'était une artiste
en travail d'enfantement, qui prenait au sérieux la coiffure,
l'élevait jusqu'à l'art, et s'y appliquait comme un peintre à son
tableau, un sculpteur à sa statue. N'ai-je pas entendu un cou-
turier célèbre, auquel je demandais son avis sur la forme d'un
corsage, me répondre : « Je prie Madame la duchesse de me
laisser le temps de m'inspirer, d'isoler ma pensée. » Et, aussitôt,
pour avoir l'inspiration et l'isolement, il leva les yeux au ciel,
comme devaient les élever Raphaël ou Murillo, lorsqu'ils créaient
leurs vierges.

Tout à coup, dans ma somnolence, devenue presque un
sommeil, je crus sentir un souffle chaud dans mes cheveux, et

aussi, comme l'effleurement, le contact de quelque chose de brûlant, d'un peu humide.

— Qu'est-ce que c'est? fis-je, en reculant la tête.

— Ce n'est rien, répondit vivement Louise Bauquet. Un des cheveux de madame la duchesse me gênait, dépassait toujours les autres, et, n'ayant pas de ciseaux sous la main, je l'ai coupé avec mes dents.

En même temps, elle s'était relevée et elle me montrait, au milieu de ses dents pointues, de ses lèvres entr'ouvertes, un bout de cheveu blond.

A demi souriante, à moitié sérieuse, je lui dis :

— La prochaine fois, servez-vous de ciseaux. Vous useriez trop vite vos dents à ce métier-là.

— Oh! non! répliqua-t-elle. Les cheveux de madame sont tellement fins! Jamais je n'en ai vu de si beaux, d'une si jolie nuance.

— Voyons ce que vous en avez fait, dis-je vivement pour l'arrêter dans son admiration.

Et, me levant, m'approchant davantage de la glace, je regardai ma nouvelle coiffure.

Elle m'avait fait ce qu'on appelle, je crois, un casque à la Minerve qui me seyait à ravir. Depuis longtemps, je ne m'étais pas vue si bien coiffée, je ne m'étais pas sentie si en beauté. Dans mon petit contentement, mon amour-propre féminin flatté, je ne pus m'empêcher de dire :

— C'est très bien, très bien. Vous êtes vraiment habile.

— Puisque madame la duchesse est satisfaite, répliqua-t-elle, j'oserai lui demander une récompense.

— Laquelle?

— Ce serait de garder cette coiffure toute la journée.

— Ah! vous voulez avoir le temps d'admirer votre œuvre.

— Je voudrais surtout admirer plus longtemps madame la duchesse, qui est très belle ainsi.

— N'est-ce pas! fis-je ingénument, un peu sottement, car je
me regardais toujours et je trouvais qu'elle avait raison. Mais,
aussitôt, pour me punir de ma vanité, la punir peut-être aussi
de son enthousiasme exagéré, j'ajoutai en m'asseyant : Non, je
ne garde pas ça. Défaites.

Elle obéit, sans murmurer, détruisit en un instant son bel
édifice, et en éleva un autre beaucoup plus simple, plus en
situation.

— Ce n'est pas mal aussi, dis-je pour la consoler. En effet,
je ne me trouvais plus à mon goût. Le casque de Minerve me
convient mieux.

En attendant, coiffée d'un simple chapeau, non pas de ber-
gère, mais de veuve, je suis descendue dans le parc, sur la
pelouse, pour faire une gerbe de coquelicots, de marguerites et
de bleuets.

Cette cueillette terminée, j'ai pris mon journal et je me suis
mise à raconter ma dernière matinée. En me relisant, je me
demande pourquoi j'ai tant parlé de Louise Bauquet. Qu'elle
m'intéresse comme femme de chambre, comme coiffeuse, très
bien. N'est-il pas naturel que je désire être fixée sur le compte
d'une personne destinée à me servir? Que je remarque son habileté, son adresse, son tact, rien de mieux encore. Ce sont des
qualités de métier que je dois constater avec plaisir : elles me
feront la vie plus facile. Mais, pourquoi m'inquiéter de sa tour-
nure, de son visage, pourquoi écrire, au commencement de ce
dernier chapitre, qu'elle avait, en arrivant, les traits fatigués?
Je cherche, parce que j'ai toujours aimé à analyser les sentiments, les idées auxquels j'obéis, même quand il s'agit de
petits faits, de petites choses, de petites gens.

Après avoir cherché, je crois avoir trouvé. D'abord je suis
seule ici, loin de toutes nouvelles, privée de toutes distractions :
l'arrivée de cette fille un peu bizarre, qui paraît au-dessus de sa
condition, a été pour moi un petit événement. A Paris, dans ma

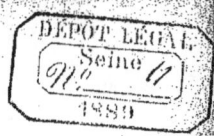
DÉPÔT LÉGAL
Seine
N° 41
1889

vie mouvementée d'autrefois, elle aurait passé inaperçue, je ne m'en serais pas souciée. Ici, je m'occupe d'elle plus qu'elle ne le mérite.

Cette attention que je lui prête a peut-être aussi un motif, plus vrai, plus sérieux. A la suite d'une sorte d'hallucination, d'une fatigue du cerveau, j'ai été frappée autrefois de certaine ressemblance, et, malgré moi, à mon insu même, je suis encore, par instant, sous le coup de cette ancienne idée. Mon impression première ne s'est pas entièrement effacée. Dans Louise Bauquet, je vois peut-être toujours Mélinite. Cela passera, comme tout s'est passé. Je ne m'en inquiète pas. Cependant, je suis bien aise de m'être interrogée pour n'avoir plus à m'étonner, si le nom de ma nouvelle femme de chambre se trouve souvent dans ce journal, écrit, l'été, en pleine villégiature, en plein désœuvrement.

XIII

4 juillet.

Pour en finir, le même jour, et me faire sur Louise Bauquet une opinion complète, je lui ai dit, après le déjeuner, de se tenir prête à sortir avec moi, vers trois heures. Je l'élevais ainsi, du matin au soir, de l'emploi de femme de chambre à la dignité de demoiselle de compagnie. Il y avait là de quoi la griser. Se griserait-elle ?

Sa toilette, sur laquelle je jetai vite un coup d'œil, lorsqu'elle vint me retrouver à l'heure indiquée, m'apprit aussitôt qu'en s'habillant du moins, elle jouissait encore de toute sa raison : robe en batiste, bleu marin, avec losanges blancs, corsage à plis et ceinture ; sur la tête, une petite capote en paille blanche aux brides de velours bleu, même nuance que la robe ; des gants de Suède gris, à trois boutons ; à la main, un en-cas de soie noire et sur le bras une jaquette, qu'elle emportait par précaution, si le temps devenait plus frais, car pour l'instant elle était en taille. Tout cela très convenable vraiment, simple, distingué, sans trop d'élégance, une de ces toilettes qu'une fille pauvre, mais de bonne maison, fait elle-même, ou achète toute faite aujourd'hui, sans grande dépense, dans les magasins de nouveautés.

Sa chaussure, cependant, que je remarquai, lorsque, me rejoignant dans la victoria, elle franchit le marchepied, ne pouvait sortir d'un de ces magasins : la forme anglaise de ces bot-

tines était trop réussie, leur chevreau mat, fin, souple, prenait
trop bien un pied très petit, allongé, dont il faisait valoir la
cambrure. Elle devait avoir payé cela trois louis au moins, et
pour une femme de chambre!... Je ne suis pas juste : elle est,
en ce moment, dame de compagnie, elle veut me faire honneur.
Puis, ne faut-il pas compter sur la coquetterie des femmes,
quelle que soit leur position? Cette fille sait qu'elle a le pied
joli, elle désire le mettre en valeur, ce qui est bien naturel, et
elle fait des sacrifices, elle se prive peut-être sur autre chose.

Je lui ai fait signe de s'asseoir auprès de moi. Elle a obéi
sans embarras, en ayant soin toutefois de se pelotonner, de
s'effacer dans son coin, de se tenir à distance. Je ne pouvais
pas lui désigner une autre place : quand deux femmes occupent
seules une voiture, celle-ci ne peut pas se mettre dans le fond,
celle-là par devant. Du reste, ma victoria n'a point de strapon-
tin ; cette raison suffit.

Depuis mon arrivée aux Ruines, je ne suis pas encore sortie
de chez moi et j'ai décidé que ma première visite serait pour
mon vieux Boulogne, la haute ville, celle qui me plaît le plus,
parce qu'elle lui plaisait davantage à lui.

Arrivée à destination, j'ai mis pied à terre et je suis entrée
à Notre-Dame. Là, mes prières terminées, j'ai fait le tour de la
fameuse église, pour en revoir les beautés, et peut-être aussi
les montrer. Je devenais, de cette façon, le cicerone de ma
femme de chambre. Quand on admire, sait-on résister au désir
de communiquer son admiration aux autres? Un jour, sur une
montagne des Pyrénées, au soleil couchant, j'ai dit à un petit
pâtre qui se tenait près de moi : « Dieu que c'est beau! » Il ne
m'a pas comprise; cela m'a fait du bien tout de même, de parler, de crier mon enthousiasme à quelqu'un. On préférerait que
ce quelqu'un fût présentable; quand on n'a pas le choix, on
prend ce qu'on a sous la main.

C'est ainsi que j'essayai de faire admirer à Louise Bauquet, comme j'admirais moi-même, l'autel de Notre-Dame, une merveille des maîtres mosaïstes d'autrefois, avec ses marbres précieux, ses pierres rares : topazes, malachites, lapis-lazuli. Après l'autel : la chapelle de la Vierge, sa table en marbre blanc de Carrare, le dôme à la triple voûte, la coupole, ses grisailles, d'un effet si pittoresque.

Remontée en voiture, je cédai encore au désir de faire un peu d'érudition, de raconter la légende de Notre-Dame : « comment, au viiᵉ siècle, sous le règne du roi Dagobert, la Vierge Marie apparut aux bourgeois et aux habitants de la ville de Boulogne, dans une nacelle venant sur la mer, sans voile et sans avirons, en laquelle il n'y avait ni marinier, ni homme vivant, mais seulement une jeune Vierge d'un air aimable, ornée de modestes parures, gracieuse en son maintien, d'une beauté supérieure à toutes les femmes de la terre. Les bourgeois et le peuple qui la virent aborder furent frappés de stupeur; mais elle leur dit : « Je veux qu'une lumière divine descende sur « vous et sur votre ville. Faites, incontinent, édifier en mon « nom une église, à l'endroit que j'ai choisi et que je vais vous «désigner. »

Louise Bauquet m'écouta très attentivement, les yeux fixés sur moi, comme un élève regarde son professeur, puis elle me dit :

— Oserai-je demander à madame la duchesse si elle croit à cette légende ?

Assez embarrassée, car je n'ai pas d'idée bien arrêtée sur la légende en question et, cependant, je ne voudrais pas paraître en douter, je crus me tirer d'affaire, l'embarrasser à son tour, en lui disant :

— N'auriez-vous pas de religion, mademoiselle?

Elle ne se troubla nullement et, sans se compromettre, sans me répondre plus que je ne lui avais répondu, elle me dit à voix basse, la tête baissée, très respectueusement :

— On peut, je crois, sans blesser la religion, ne pas ajouter foi à certaines choses. Entre la religion et la superstition il y a des nuances.

Je restai étonnée, non pas de l'idée qu'elle venait d'exprimer, il lui suffisait d'avoir de la mémoire, mais de sa phrase bien tournée, de sa façon de dire. Décidément cette fille a de l'esprit naturel, ou bien elle a beaucoup vécu dans l'intimité de ses maîtresses.

De la haute ville, nous nous sommes rendues à la Colonne, comme on dit tout simplement dans le pays, ou à la Colonne de la Grande Armée, qui est le vrai titre. Devant ce monument, élevé à la place où Napoléon Ier distribua solennellement à son armée, les croix de la Légion d'honneur, je fis encore parade de mon savoir, augmenté, cette fois, d'un peu de chauvinisme. Car, en ma qualité de demi-Boulonnaise, malgré mes opinions, ou plutôt celle des miens, j'admire de toute mon âme Napoléon Ier, et je tiens, à part moi, pour un pur imbécile mon grand-oncle, le marquis de X..., qui appelait dédaigneusement cet homme de génie : Monsieur de Buonarparté, et proposait de rayer son règne de l'histoire de France.

— Ici, dis-je, sur ce plateau, bien en face de l'Angleterre, de sa flotte que la nôtre tenait en respect, on a vu réunie en juillet 1804 une armée superbe : toute la garde impériale, tous les soldats de Jemmapes, de Fleurus, d'Arcole, de Marengo, des Pyramides. Là, au centre, un trophée de drapeaux, d'étendards pris à l'ennemi. Sur un trône, l'Empereur, entouré de ses ministres, de ses maréchaux, de ses grands officiers. Puis, encore là, partout, dans la plaine, sur la mer, cent mille spectateurs venus de tous les coins de la France, de l'Europe. Alors, au bruit du canon, des tambours, du *Chant du départ* joué par les musiques de l'armée que dirigeait Méhul, l'Empereur, prenant chaque croix dans les casques de Bayard et de Duguesclin, commença sa grande distribution.

Je m'étais exaltée, en souvenir de mon mari qui m'avait décrit cette scène à peu près dans les mêmes termes, et, me tournant vers celle qui m'accompagnait comme je m'étais retournée autrefois, sur la montagne, vers le pâtre, sans voir que c'était un pâtre :

— Comme cela devait être beau, n'est-ce pas? lui dis-je.

— Très beau, madame la duchesse, fit-elle d'une voix qui n'avait rien d'ému. Mais Napoléon Ier ne se serait pas donné tant de mal pour distribuer ces croix de la Légion d'honneur aux plus braves et aux plus dignes, s'il avait pu prévoir que, plus tard, on en ferait trafic, qu'on les vendrait pour quelques mille francs.

Cette réflexion me déplut. Je la trouvai mal placée, trop refroidissante et, sans montrer du reste le moindre mécontentement, je ne répondis rien.

En revenant, sous l'influence de la brise de mer qu'apportait la marée montante, le temps fraîchit, et Louise Bauquet, soigneuse de sa petite personne, passa la jaquette qu'elle avait apportée. Ce vêtement attira mon attention par sa coupe élégante, trop élégante. C'était une jaquette droite, genre tailleur, qui me parut devoir sortir d'une des premières maisons de Paris.

— Où avez-vous acheté cela? demandai-je.

— Au *Printemps*, madame la duchesse, répondit-elle aussitôt comme si elle s'attendait à la question et qu'elle eût préparé la réponse.

— Au *Printemps!* Vous m'étonnez.

— Je vous assure, madame la duchesse, et je l'ai eue à très bon compte. C'était ce qu'on appelle une réclame.

— Ce vêtement, acheté tout fait, s'est trouvé vous aller comme ça, tomber ainsi sur les épaules, prendre si bien le cou!

— Oh non! madame la duchesse, j'ai rectifié moi-même.

Tout en regardant, je touchais, et j'avais entr'ouvert le col pour mieux voir.

— Tiens! fis-je, il porte une marque, celle du *Printemps* sans doute, puisque vous l'y avez acheté.

— Oui, fit-elle, c'était bien la marque du *Printemps*, mais je l'ai effacée... Tenez, madame la duchesse.

En même temps, elle ouvrait tout à fait le col et me faisait voir une petite bande en soie, sur laquelle une adresse, écrite en lettres d'or, avait été soigneusement grattée.

— Pourquoi avez-vous effacé l'inscription? demandai-je.

— Hélas! fit-elle, par amour-propre, par vanité. Cette jaquette, en effet, paraît sortir de chez un tailleur, et j'essayais de cacher qu'elle vient tout simplement du *Printemps*. Mais j'ai cru devoir dire la vérité à madame la duchesse. Je ne devais pas la tromper.

La vérité! Où est-elle? Le grattage a-t-il été fait pour cacher le *Printemps*, ou le tailleur? La maison bon marché, aux prix réduits, ou bien la grande maison ruineuse?... De quoi vais-je m'inquiéter? Qu'est-ce que cela me fait?... Beaucoup. Il est important pour moi de savoir si j'ai à mon service, si je promène dans ma voiture, une menteuse et une coquette, ou bien une habile tailleuse qui sait à ravir rectifier les vêtements, faire un petit chef-d'œuvre d'une jaquette de magasin de nouveauté. Serai-je jamais bien fixée? J'en doute : elle ne se livre pas beaucoup.

Cependant, ce soir, elle a eu un cri assez drôle, sorti du cœur. Elle était près de moi, sur le balcon, tenant à la main un verre d'eau que j'avais demandé et, comme je continuais à regarder les étoiles qui commençaient à se montrer au ciel, je dis en montrant un point lumineux à l'horizon :

— Voilà Vénus qui se lève.

— Vénus, si petite que cela! fit-elle.

Pourquoi la croyait-elle plus grande? Elle s'était imaginée sans doute que la déesse de l'amour et de la beauté devait occuper une place considérable dans le ciel, à cause du rôle important qu'elle joue sur la terre.

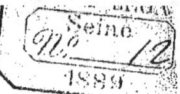

MÉLINITE. 12

XIV

18 juillet.

Pour la première fois, depuis plusieurs années, je viens d'interrompre mon journal pendant deux semaines. Je n'avais aucun fait à raconter, aucune pensée plus ou moins bonne, plus ou moins neuve, à inscrire.

Je suis encore aujourd'hui à court d'événements et d'idées ; mais il me plaît de rechercher ici la cause de cette disette.

Pour les événements, je ne saurais m'étonner qu'ils me fassent défaut : que peut-il m'arriver avec une vie régulière, comme celle que je mène? Réveil vers huit heures, bain, premier déjeuner, toilette, promenade à pied dans le parc, second déjeuner, sieste, promenade en voiture dans les environs, dîner, nouvelle promenade à pied dans le parc, lecture, coucher, sommeil... et, tous les matins, cela recommence de même, pour finir encore de même.

Mais pourquoi ce manque absolu d'idée chez moi, dont l'esprit a toujours été actif?

Cela ne viendrait-il pas de ce que ma vie matérielle est si facile, si douce, qu'elle endort ma pensée? Le corps jouit d'un tel bien-être que la tête ne bouge plus, ne dit rien, ne songe pas, dans la crainte de le troubler.

Mon existence matérielle n'a donc pas toujours été ce qu'elle est maintenant? Non. Vivrais-je mieux qu'autrefois? Oui... et c'est la faute, la très grande faute de Louise Bauquet.

Je n'avais jamais rêvé un service si parfait. Ce n'est pas une femme de chambre, une demoiselle de compagnie que j'ai là ; c'est une esclave soumise, intelligente, habile, habile, comme on n'en a jamais vu dans les harems d'Égypte ou de Turquie. Je n'ai plus à ordonner ; elle prévoit mon ordre et l'exécute, avant mon geste ou ma parole. Je ne désire plus : elle désire avant moi, pour moi. Je ne pense pas davantage ; elle pense à ma place. Si le matin, en m'éveillant, j'ai besoin d'air, de clarté, elle l'a devine : elle ouvre, aussitôt, tout ce qu'elle peut ouvrir, elle me donne du soleil, s'il y en a, ou bien seulement du ciel, si, malgré tous ses efforts, il lui est impossible ce jour-là de me servir le soleil désiré. Si, au contraire, je me plais dans la douce tiédeur de ma chambre, dans sa demi-obscurité, si je veux poursuivre ou retrouver un rêve, elle l'a compris en se penchant sur moi, et elle se tient immobile, inactive, au pied du lit, jusqu'à mon complet réveil. C'est du pur Orient. J'avais raison de parler de harem : par moments, je suis tentée de me prendre pour quelque sultane, ou tout au moins la grande favorite d'un pacha. L'illusion est d'autant plus facile qu'à l'exemple de la plupart des dames turques, en sortant du bain, je me fais maintenant masser.

Je ne connaissais pas le massage, quoiqu'il m'eût été, un jour, ordonné par mon médecin, à qui je disais ma peur de prendre de l'embonpoint. Malheureusement, les bonnes masseuses sont assez rares à Paris. Quant aux masseurs pour femmes... oh ! il y en a, ils ont même beaucoup de clientes... j'ai préféré grossir que de les faire appeler. Bien m'en a pris : à la suite de ma consultation, sans avoir obéi à l'ordonnance, j'ai maigri... par crainte du masseur sans doute.

Depuis quelque temps, je suis stationnaire : rien en moins, rien en plus. Cependant il y a tendance au plus. J'ai dit à Louise Bauquet mon inquiétude à ce sujet, et, comme mon médecin, elle m'a conseillé de me faire masser.

— Vous en parlez à votre aise, ai-je répondu. Où est la masseuse ? Je l'ai cherchée autrefois, je ne l'ai pas trouvée.

— Mais, je masse très bien.

— Vous !

— J'ai appris au Hammam avec une négresse.

— Et vous vous êtes essayée, sans la négresse ?

— Oui, madame la duchesse, sur Mme de la Bère, qui s'en est très bien trouvée. C'est peut-être même pour cela qu'elle m'a beaucoup regrettée.

— Alors vous croyez vraiment à l'influence du massage ?

— Quand il est bien compris, bien complet, oui, madame la duchesse. Madame verra, du reste. Si cela ne lui réussit pas, nous cesserons.

J'ai voulu voir, et cela me réussit tellement que je ne cesse
pas.

C'est le matin, vers neuf heures, qu'elle se livre sur moi à
ses exercices. Au sortir du lit, je passe dans ma salle de bains
construite d'après mes dessins et ceux de mon mari. C'est une
salle ronde, aux murs de marbre rose, soutenus par des colon-
nettes à chapiteaux très joliment sculptés. Le jour vient du haut,
de la coupole qui forme le plafond. On dirait un petit temple
grec, « le temple de Vénus, » affirmait le duc bien amoureux,
dans ce temps-là. Pour baignoire, un bassin, ou plutôt une
grande coquille enfoncée dans le sol, en marbre noir, tran-
chant sur le marbre rose des murs, et destiné, disait encore
mon mari, à faire valoir la blancheur, le satin de ma peau...
Ah! toujours lui, l'ingrat! S'il me trouvait si belle, pourquoi
m'a-t-il trompée?... Grâce à un système très bien imaginé, je
puis prendre, à mon heure et à ma fantaisie, soit un bain d'eau
douce, soit un bain de mer, tempéré ou froid, sans être à la
merci de la marée et du mauvais temps. Mon... temple...
laissons ce nom, puisque c'est lui qui l'a donné... remplace
avantageusement les cabines de bains en toile ou en planches,
fixes ou roulantes. Il me procure aussi l'inappréciable satisfaction de me savoir à l'abri des regards indiscrets. J'ai essayé de
me baigner, comme tout le monde, au Portel et sur la plage de
Boulogne. Mais je me suis trouvée si gênée de tous ces yeux,
de ces lorgnettes, quelquefois même de ces longues-vues,
braqués sur moi... les désœuvrés du pays me faisant l'honneur, paraît-il, d'accourir à l'heure de mon bain, de me
guetter, d'épier tous mes mouvements... que bientôt j'ai
renoncé aux douceurs du plein air, du sable, de la vague clapo-
tante.

Ici, sous ma coupole, ma femme de chambre seule peut me
voir, ce qui me dispense d'un costume laid et gênant, encore
un des bienfaits du bain à domicile. Je me suis laissé dire,

cependant, par une de mes amies, que, chez elle, dans sa
baignoire, elle restait couverte, qu'elle ne sortait jamais de
l'eau devant sa servante, qu'elle passait elle-même son peignoir.

C'est fort bien, cela, j'ai admiré cette belle pudeur... elle
n'empêche pas, du reste, mon amie de se décolleter au bal,
devant tous, plus qu'il n'est permis, comme je n'oserai jamais
le faire... mais je ne crois pas devoir l'imiter. Certes, je désap-
prouve cette dame romaine qui se baignait, sans le moindre
voile, devant ses esclaves du sexe masculin, en disant :
« Qu'importe! un esclave n'est pas un homme. » Mais il y a
une nuance entre un esclave mâle et une femme de chambre,
et j'avoue que je ne songe pas à me gêner avec la mienne.
Bien couverte, même, je puis rougir sous le regard d'un
homme; très peu vêtue, je ne fais pas attention au regard d'une
femme, surtout lorsqu'elle est à mon service, faite pour me
déshabiller.

Si ma pudeur devait s'alarmer devant Louise Bauquet,
j'aurais renoncé au massage, qui, dans mon cas, paraît-il,
lorsqu'il s'agit seulement de précautions en vue de l'avenir,
d'un massage préventif, doit être général et non pas partiel,
fait sur le vif et non pas sur un vêtement, un maillot, par
exemple, comme me le proposait certain masseur qui me
prenait sans doute pour une danseuse.

De la salle de bain, en simple peignoir, je passe dans mon
cabinet de toilette, je m'allonge entièrement sur une chaise
longue, et Louise Bauquet, accroupie sur un coussin, quelquefois à genoux, commence l'opération.

Le premier jour, je redoutais le froid de sa main. J'avais
tort : sa main est chaude, juste à la température de mon corps.
Je l'ai dit : cette fille prévoit tout. Et quelle habileté, quelle
science! comme elle sait bien trouver toutes les jointures, tous
les muscles! Comme elle les suit, depuis leur naissance jusqu'à
leur fin, du sommet à la base, de la tête jusqu'aux pieds!

Jamais elle ne me fait mal. Elle appuie, cependant, avec la
paume de la main, elle presse avec les doigts. Au lieu de les
laisser courir, elle les arrête aussi parfois, sur un seul point,
un point menacé sans doute d'embonpoint, qu'elle soigne plus
que les autres, qu'elle presse plus fortement. Tout cela est fait
avec une telle légèreté, que je n'en souffre pas. Je ressens
plutôt un léger bien-être. Et quelle force dans cette petite
femme, dans ce petit corps! Une force nerveuse, sans doute,
le feu sacré, aussi, l'amour du bien faire : le massage doit être
pour elle un art, comme la coiffure. Du train dont elle va, par
instant, avec l'activité qu'elle déploie, je me fatiguerais, j'en
suis certaine, au bout de cinq minutes : elle, elle masse pendant
une heure. Ses bras, ses mains s'agitent en tous sens, tout son
corps se remue, elle se transporte de haut en bas, de droite à
gauche, se recule ou se penche sur moi. Elle se donne un mal,
y met un entrain, et il n'y paraît pas. Son teint est seulement
plus animé, ses yeux sont plus brillants, ses narines plus
ouvertes; les bras, les mains ne se lassent jamais. Je suis
obligée de lui dire :

— Reposez-vous donc, assez, assez pour aujourd'hui.

Ce qui est curieux, c'est que, quand elle s'arrête, c'est moi
qui suis fatiguée. Oui, il m'arrive souvent, après l'opération, de
m'endormir sur la chaise longue, dans la pose où elle m'a
laissée, sur le dos ou penchée de côté. Au lieu de s'éloigner
pour se reposer aussi, elle reste près de moi, toujours accroupie, et veille sur mon sommeil. L'Orient, toujours l'Orient!

Dans la journée, lorsqu'elle devine que je veux sortir, elle
transmet au cocher mes ordres, sans que j'en aie donné. Elle
sait quelle voiture me plaira : découverte ou fermée, attelée
à deux chevaux ou à un seul, landau, calèche, victoria, ou
panier. Je n'ai plus qu'à monter, à me laisser conduire. Si je
suis partie légèrement couverte, en taille ou avec le châle d'été
qu'elle m'a mis sur les épaules, je puis être certaine que le

temps ne se
refroidira pas
durant la pro-
menade. Elle
devine les in-
tentions du
ciel comme
les miennes. Peut-être lui fait-il ses confidences.

Au retour, le dîner. Je mange, maintenant, avec un appétit
que je ne m'étais jamais connu. Est-ce le massage? Je crois
plutôt que c'est elle, toujours elle, qui a commandé, en mon nom,
quelques plats préférés. Je la soupçonne même, par dévouement
à ma personne, de faire un tour dans les cuisines : hier, on m'a
servi certain homard à l'américaine... que mon chef, malgré tout
son savoir, n'a jamais si bien relevé.

Enfin, le soir, je ne me fatigue plus les yeux à lire. Ma
demoiselle de compagnie lit pour moi, clairement, simplement,
d'une voix bien timbrée, vibrante, chaude quand le sujet exige
de la chaleur. Elle choisit le livre qu'il me faut, suivant la dis-
position d'esprit où elle me sent. Cependant, elle me paraît
préférer les romans modernes, les nouveautés, les auteurs
audacieux, mais qui ont le tact de l'audace et la rendent tolé-
rable. Là, encore, elle m'a parfaitement comprise, sans qu'il
ait été besoin de m'expliquer. En effet, une femme bien née,
honnête, mais curieuse, chercheuse, fouilleuse, décidée à
s'instruire, au prix de quelques petits sacrifices de pudeur, à
tout connaître, pour fuir tous les dangers ou les combattre et,
malgré l'attrait du vice, rester vertueuse, consciemment vertueuse, cette femme, dis-je, peut suivre l'idée de l'auteur
jusqu'au bout, jusqu'à la dernière page, si elle n'a vu que l'idée
toujours immatérielle, même lorsqu'elle touche à la matérialité.
Si elle voit autre chose, si la phrase trop crue, le mot trop
brutal, frappent ses yeux ou ses oreilles, et aussitôt révoltent
ses sens, tout son être, elle prend peur, referme le livre. C'est
souvent dommage pour l'auteur : bientôt son idée, encore indé-
cise, allait apparaître clairement, sainement; une bonne et
grande leçon était toute prête à se dégager de scènes qu'on
avait cru jusque-là voluptueuses à plaisir, une moralité devait
surgir de ce qui semblait immoral. Parfois, c'est aussi grand
dommage pour la lectrice : elle aurait pu s'intéresser à une
étude remarquable, à une œuvre de premier ordre, si l'auteur,
tout en présentant le vice tel qu'il est, dans toute sa vérité, avec
toutes ses laideurs, l'avait décrit plus finement, d'une main plus
légère.

Eh bien! je suis parvenue à dire quelque chose. Ce n'est
certainement pas très fort, bien nouveau; mais cela me prouve
que ma pensée se réveille, par moments, et je suis très heureuse
de le constater. Je constate, en même temps, qu'elle dort beau-

coup trop, et l'examen, la revue complète d'une de mes journées, m'expliquent ce sommeil dont je cherchais la cause : les longues matinées dans le lit, le bain, le massage, les siestes, les bons repas, tous mes désirs prévus, mes caprices satisfaits, bref, la bonne vie que je mène a fini par tuer l'activité de mon esprit... et je conclus, comme j'ai commencé, sans crainte de me tromper, cette fois : c'est la faute de Louise Bauquet.

XV

25 juillet, le matin.

Ce matin, lorsqu'elle est entrée dans ma salle de bain, je lui ai dit :

— Non, pas encore. Je me donne quelques minutes de plus.

— J'allais me permettre de le conseiller à madame la duchesse, m'a-t-elle répondu. Un bain un peu long lui fera du bien par ce temps orageux.

— C'est donc cela ! J'ai cru tout à l'heure voir un éclair.

— Oh ! il y en a beaucoup sur la mer et ils se rapprochent de nous.

— Ne vous en allez pas.

L'orage me rend toujours un peu nerveuse, craintive même, je l'avoue, et c'est pour cela que je la gardais près de moi. D'ordinaire, elle n'est pas là, quand je prends mon bain; elle entre seulement pour m'en sortir.

Obéissant à mon ordre, elle est restée, cette fois, dans le temple; mais elle s'est placée discrètement, derrière moi, à l'extrémité de la coquille en marbre noir, dans laquelle je suis étendue.

L'orage était dans toute sa force, lorsque je passai dans mon cabinet de toilette. Louise Bauquet ne crut pas devoir, pour si peu, retarder ou supprimer son massage quotidien. Elle me parut, au contraire, y mettre encore plus d'activité, se donner plus de mal que d'habitude. Ses mains couraient plus vite d'un point à un autre, ses doigts se crispaient par instants. Je pensai que l'orage agissait sur elle, comme sur moi, et la rendait un peu fébrile.

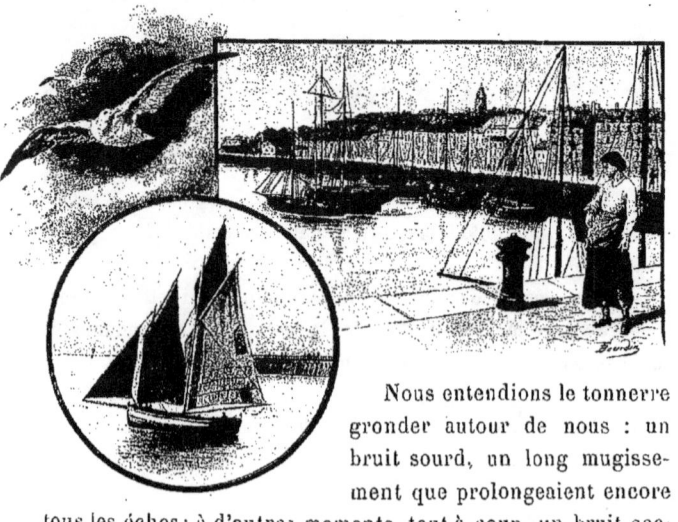

Nous entendions le tonnerre
gronder autour de nous : un
bruit sourd, un long mugisse-
ment que prolongeaient encore
tous les échos ; à d'autres moments, tout à coup, un bruit sec,
vibrant qui déchirait nos oreilles, me faisait tressaillir, tandis
que la main de ma masseuse s'arrêtait sur place et serrait avec
tant de force que je sentais les ongles. Ce n'était plus du massage, c'était de la meurtrissure ; mais, lorsque les nerfs sont
très surexcités, le mal fait parfois du bien.

Si nous entendions l'orage, nous ne le voyions pas, aucun
éclair ne nous effrayait, grâce à la précaution qu'elle avait eue
de fermer les persiennes et de baisser les rideaux. Les yeux
s'en trouvaient bien, mais ma tête s'alourdissait dans la chaleur
du cabinet de toilette imprégné de parfums : flacons d'odeur
débouchés, bouquets sur la cheminée et, sur un guéridon, près
de moi, toute la moisson de fleurs faite le matin dans le parc.
Comme si tous ces parfums ne suffisaient pas, un autre m'arrivait par petites bouffées capiteuses, quand ses doigts s'arrêtaient
sur mon cou, mes épaules ou mes bras. C'était de la peau
d'Espagne, que je lui avais dit aimer, et qu'elle versait d'habi-

tude dans le creux de sa main, à l'heure du massage. Elle avait,
je crois, ce jour-là, un peu forcé la dose.

Malgré toutes ces causes d'alanguissement, auxquelles venait
s'ajouter un bain trop prolongé, je restai éveillée tant que dura
l'orage. Bientôt, il s'éloigna et finit par se fondre dans la pluie
qui détend les nerfs, amollit, amène peu à peu le sommeil. Je
ne dormis pas, cependant, comme cela m'était arrivé plusieurs
fois, le massage terminé, après avoir eu soin de m'envelopper
dans mon peignoir. Je m'assoupis seulement sans le vouloir,
sans m'en rendre compte, tandis qu'elle continuait à promener
ses mains sur moi, plus lentement, avec moins de force, soit
qu'elle fût elle-même calmée par la pluie, soit qu'elle voulût me
laisser m'endormir tout à fait.

J'étais, depuis quelques minutes, dans cet état de demi-
sommeil, de torpeur, et mes yeux avaient fini par se fermer.
Tout à coup, j'éprouvai ce chatouillement léger produit, sur la
peau, par le contact des cheveux. D'abord, je crus que c'étaient
mes cheveux à moi qui, déroulés, très longs, me venaient
effleurer ; mais je sentis en même temps comme un poids, une
chaleur. Machinalement, j'étendis les bras. Mes mains rencon-
trèrent la tête de Louise Bauquet.

Je la repoussai brusquement, je me redressai et, enveloppée
dans mon peignoir, je courus ouvrir les rideaux, pousser les
persiennes.

Lorsque je me retournai, elle se tenait debout, immobile
devant la chaise longue, et avant que je lui eusse adressé la
parole, elle me disait d'un air confus :

— Je supplie madame de me pardonner. J'étais très fatiguée.
J'ai fini par m'assoupir, et ma tête est tombée sur les genoux
de madame la duchesse.

Je la regardai un instant, puis :

— C'est bien, sortez ; je m'habillerai seule.

J'avais dit ces mots sur un ton qui ne permettait pas de répliquer. Aussi a-t-elle obéi, sans hésitation.

Voilà ce qui vient de se passer. Malgré certaines révoltes, je l'ai écrit comme je me suis juré de tout écrire, comme j'écrirai, dans la journée, les réflexions que je vais faire sur cet incident. Je pourrai ainsi me rendre compte, prendre un parti raisonné, et être juste, ce qui me tient le plus au cœur.

XVI

27 juillet, soir.

Je dois d'abord chercher s'il est possible de croire à ce qu'elle a dit.

Elle se serait assoupie, prétend-elle. Pourquoi pas? N'avait-elle pas les mêmes raisons que moi de s'endormir : l'orage, la pluie lui succédant, l'obscurité du cabinet de toilette, les parfums des flacons et des fleurs ?... Moi, je m'étais longuement baignée. Qui me dit qu'elle ne se baigne pas, avant mon réveil, à la mer ou ailleurs?... Le massage? Eh bien! la personne qui agit ne subit-elle pas l'effet un peu magnétique du massage, au même degré que la personne sur laquelle on opère? Je crois même avoir entendu dire que l'opérateur se fatiguait plus que le sujet. Donc, le sommeil est admissible. Il est même vraisemblable.

Pendant ce sommeil, sa tête aurait glissé sur mes genoux, dit-elle encore. Voyons :

Elle était assise sur un coussin, moins élevé que ma chaise longue, la touchant et placé vers le milieu. Pour lui éviter la peine d'allonger le bras, j'étais moi-même étendue sur le bord du meuble, dans la partie qui s'inclinait de son côté. Dans cette double position, que je vois très bien, sa tête, en tombant, devait nécessairement tomber sur moi, à la hauteur de mon genou, un peu au-dessus.

J'aurai reçu un coup, éprouvé un choc. Une tête, malgré sa petitesse, pèse quelque chose, et quand un poids vous tombe sur le corps, on s'en aperçoit. Cependant il n'y a pas eu de coup, de choc ; j'ai senti seulement, comme je l'ai déjà dit, une lourdeur, une chaleur.

Qu'est-ce que cela prouve ? Je dormais peut-être plus profondément que je n'ai cru, et je me suis réveillée après la chute, pour en constater les effets : la chaleur, la pesanteur, le chatouillement produit par les cheveux épars sur moi.

Enfin, pourquoi vouloir absolument que sa tête ait fléchi d'un seul coup? Elle a pu se pencher, s'incliner peu à peu, finir par s'appuyer, sans qu'il y ait eu la moindre secousse. C'est le contact seul qui m'a tirée de mon engourdissement.

Tout cela est encore fort possible. Alors, pourquoi ne pas y croire, lui faire un crime de n'avoir pu résister au sommeil ?

Sans doute. Mais, quelque chose en moi me dit qu'elle ment. Puis... voyons, pas de réticence. Ne suis-je pas seule, vis-à-vis de moi-même? Dois-je dissimuler une de mes pensées, une de mes sensations, ou ce que je crois avoir éprouvé?... Eh bien ! j'ai cru sentir, non pas seulement la chaleur de sa tête appuyée sur moi, mais la chaleur de ses lèvres et... je le dirai... la morsure d'un baiser.

Elle a osé profiter de mon sommeil pour m'embrasser, moi !

Du calme ! Si j'écris toutes mes réflexions l'une après l'autre, si je pense, la plume à la main, c'est afin de garder tout mon sang-froid.

J'ai admis que sa tête pouvait, tout naturellement, être

tombée sur moi. Comment est-elle tombée? En avant, bien
entendu. C'est le front alors, ce sont les joues, c'est la bouche
qui ont porté, et si j'ai senti la chaleur de ses lèvres, rien de
plus simple encore.

Mais le baiser ? Pour que je me sois imaginé l'avoir reçu,
le contact des lèvres ne suffit-il pas? Et, si elle dormait elle-
même, comme je l'ai encore admis, n'arrive-t-il donc jamais,
dans le sommeil et dans le rêve, de donner un baiser imaginaire?
Il se perd dans le vide, s'il y a vide. Il ne se perd pas, si
quelqu'un ou quelque chose se trouve à sa portée, sur son
chemin.

Enfin, pour bien juger, je dois, après avoir examiné la question, au point de vue du sommeil, du baiser involontaire, l'étudier, en supposant l'état de veille, le baiser voulu.

Depuis qu'elle est arrivée ici, par suite de son double emploi, femme de chambre et dame de compagnie, comment
Louise Bauquet a-t-elle vécu? De ma vie corporelle, si je puis
m'exprimer ainsi, et intellectuelle. Physiquement, sans songer
à mal, sans même y penser, je me suis fait connaître de la
façon la plus complète. Un peintre dirait que j'ai posé pour
l'ensemble. N'est-ce pas la faute du modèle, et du modèle seulement, s'il a inspiré de l'admiration ?

Intellectuellement, afin de pouvoir échanger quelques idées,
si je la garde, si elle devient tout à fait ma dame de compagnie,
j'ai encore posé devant elle, pour l'esprit et l'instruction. Un
peu éblouie par mon caquetage, tous mes embarras, elle m'a
encore admirée.

J'ai donc constaté l'admiration. Eh bien! le baiser n'en est-il
pas une des formes? N'est-on pas souvent tenté d'embrasser
ce qui est beau, où celui qui a fait une belle et bonne action ?
« Ah! le brave homme! Je l'embrasserais si je pouvais! »
s'écrie-t-on. Moi-même, il m'est arrivé de dire à une amie
ou à quelque belle jeune fille : « Ma chère petite, vous êtes

trop jolie aujourd'hui, il faut que je vous embrasse », et, aussitôt, on me tendait un front ou des joues.

Oui, mais je n'ai rien tendu, moi, à Louise Bauquet. Je ne lui ai rien donné. Elle a pris.

Dans quelles conditions a-t-elle pris ? Pendant mon sommeil. Ce qui me semblait d'abord une circonstance aggravante, devient une circonstance atténuante : elle ne me manquait pas de respect, puisqu'elle espérait n'être pas vue.

Mais, ce n'est pas mon front, ce ne sont pas mes joues qu'elle a embrassés ? Évidemment. Je ne les lui aurais pas donnés ; elle n'aurait pas osé. Elle a déposé son furtif baiser où elle a pu, sur mes genoux qui étaient à sa portée. C'est ainsi que l'esclave embrasse son maitre et j'ai dit qu'elle s'était faite mon esclave.

Irai-je donc me priver de son service, de son dévouement, pour un moment d'oubli, provoqué par l'énervement que donne l'orage et la chaleur, par la griserie des parfums, provoqué par moi-même qui me suis fait admirer, je le vois maintenant, avec trop de complaisance ?

Toutes ces réflexions sont maintenant écrites là, sur mon journal. Je pourrais prendre une décision immédiate et sonner Louise Bauquet pour lui dire : « Retournez à Paris, je ne vous garde pas » ou bien : « Je vous pardonne pour cette fois, mais à l'avenir soyez plus réservée. » Cependant je ne la sonne pas. Je me passerai aujourd'hui de ses soins. Je relirai ces notes, demain matin, de sang-froid, et alors je prendrai un parti.

Quoi que je décide, je renonce au massage. Il est trop énervant pour l'opérateur et le sujet. Je renonce aussi à ma vie orientale. Je veux redevenir femme d'Occident et femme du Nord, puisque, pour l'instant, je suis Boulonnaise.

XVII

26 juillet.

Décidée à vivre d'une
vie plus active, je me
suis levée ce matin, de
bonne heure, sans me
faire aider. Lorsque
Louise Bauquet est en-
trée dans ma chambre,
grande ouverte sur la
mer, et ensoleillée déjà,
je lui ai dit de ma voix
la plus naturelle, sans irritation, mais sans trop de douceur :

— Apprêtez-moi, dans le cabinet de toilette, ce qu'il me faut
pour sortir. Je m'habillerai seule.

Elle avait, je crois, très envie de me parler. Je lui ai tourné
le dos et je suis passée sur mon balcon. Je la crois inquiète,
préoccupée de savoir ce que je pense, aujourd'hui, de son
incartade d'hier, quel conseil m'a donné la nuit, qui passe pour
bonne conseillère, bref, si je pardonne, ou si je lui garde rigueur.

Mais je ne me déciderai qu'après avoir relu les derniers feuillets de mon journal, comme je me le suis promis, et fait une de ces longues promenades qui rafraîchissent l'esprit, permettent d'y voir bien clair.

Quoiqu'elle fût prévenue que je m'habillerais seule, elle se trouvait encore dans mon cabinet de toilette quand j'y suis entrée. Elle allait, venait, mettait en place ceci, arrangeait cela, ne pouvant se décider à sortir, à ne pas me donner ses soins habituels. Sans paraître m'apercevoir de sa présence, j'ai disposé dans les vases de la cheminée, les fleurs nouvelles qu'elle était allée cueillir à mon intention ; mais, involontairement, je la regardais du coin de l'œil. Elle a dû bien mal dormir : sa figure chiffonnée l'est encore plus que d'habitude, sa beauté du diable un peu compromise. Elle a l'air abattu, souffrant même : sa marche, si légère, si vive d'ordinaire, est lente, traînante. L'idée qu'elle m'a déplu, que je puis la renvoyer, la tourmenterait-elle au point de la rendre malade ? Me serait-elle vraiment attachée ? C'est peu probable. En six semaines, on ne s'attache pas si fort. L'amour seul, dit-on, fait de ces coups : il naît très vite, dans certains cœurs faciles. Mais l'amour n'existe pas de femme à femme, de servante à maîtresse.

Les fleurs bien disposées dans leurs vases, je me suis dirigée vers ma table de toilette. Alors, prenant courage, d'une voix un peu voilée, elle m'a dit :

— Madame la duchesse ne me permet pas de la coiffer?

— Non, pas aujourd'hui. Vous pouvez vous retirer.

Elle est sortie sans rien dire, tristement, de son même pas traînant.

Ma toilette a été des plus rapides : au bout d'une demi-heure, j'étais tout habillée, assise près de la croisée, et je relisais ce que j'ai écrit hier.

Toutes ces réflexions me paraissent justes. Je crois être restée dans la vérité. En somme, j'ai presque conclu : hier soir

déjà, je penchais pour l'indulgence, le pardon. Je suis, ce matin,
dans les mêmes dispositions : ne pas souffler mot de l'incident... Si j'en parlais, je paraîtrais y attacher de l'importance
et alors je devrais me montrer sévère... la laisser reprendre son
service auprès de moi, mais modifier ce service, le simplifier ;
la tenir, en un mot, à distance, pour qu'elle ne laisse plus tomber
sa tête sur moi, si elle s'est ordormie vraiment, ou pour qu'elle
m'admire moins, si, éveillée, elle m'a témoigné son admiration.

Maintenant je sors, afin de suivre mon programme jusqu'au
bout, en faisant ma grande promenade, et au retour, si la marche
n'a pas modifié mes idées, je reprendrai ma vie... revue et
corrigée.

XVIII

26 juillet, soir.

Si j'arrive, cette fois, à fixer mes idées, à reproduire exac-
tement les conversations que je viens d'avoir, à raconter ces
événements, j'aurai donné une bien grande preuve de volonté,
d'empire sur moi-même. Je veux me donner cette preuve.

La grille du parc franchie, au lieu d'aller chercher la pleine
campagne, j'ai pris le chemin de Boulogne où j'avais quelques
emplettes à faire, des petites choses oubliées à Paris. La route
est longue, un peu fatigante, mais je remplaçais ainsi le massage par la marche qui lui est supérieure, j'ai tout lieu de le
croire maintenant.

Arrivée en ville vers dix heures, je traverse le pont du chemin de fer, la place Frédéric-Sauvage et je suis sur le point de

m'engager dans la rue Faidherbe, lorsque j'aperçois, à une croisée du premier étage de l'hôtel Christol, qui ? Blazac.

Comme il a son binocle, il me voit, me reconnaît. Nous échangeons des signes. Puis il quitte précipitamment sa croisée et me rejoint sur la place.

— Comment ! vous, cousine, ici ?

— Il n'y a rien de surprenant : j'habite le pays... C'est moi plutôt qui devrais m'étonner de vous y voir.

— Pourquoi ? Ne vous ai-je pas dit que je comptais partir pour la mer ou les eaux ? J'ai choisi la mer.

— Et vous êtes à Boulogne, depuis notre dernière rencontre ?

— Oui, à l'hôtel Christol, comme vous voyez, un hôtel copurchic, le grand rendez-vous de l'aristocratie anglaise, à deux pas du chemin de fer si je veux rentrer à Paris, en face des paquebots s'il me prend fantaisie d'aller à Londres. Et, de ma croisée, où vous m'avez surpris, cousine, quelle vue ! Le port, la haute mer, une rivière qui serpente, des coteaux verdoyants.

— Que de poésie ! Ce n'est pas naturel de votre part. Il doit y avoir quelque chose là-dessous... Et puis, pourquoi me vanter l'hôtel Christol ? Je le connais et je l'apprécie autant que vous, pour l'avoir habité avec le duc, lorsqu'on restaurait ma villa des Ruines... Vous savez bien, les Ruines, là, en face sur le coteau ?

— Oui, je sais.

— Eh bien ! l'idée ne vous est pas venue de m'y faire une petite visite.

— C'était impossible, cousine... je ne suis pas seul à Boulogne.

— Ah ! très bien, je m'explique maintenant votre lyrisme. Encore amoureux. Mélinite, toujours ?

— Non, plus de Mélinite ! Je l'ai remplacée par Bellite.

MÉLINITE. 15

— Bellite, Bellite, je connais ce nom-là.

— Le nom d'un nouvel explosif... une brune, dépistée au casino de Boulogne, le soir de mon arrivée... Elle était assise dans le salon des jeux, devant le petit chemin de fer qui tourne, tourne, vous savez bien ? et finit par s'arrêter à des stations, des capitales : Paris, Londres, Bruxelles, etc.

— Je connais. J'y ai joué.

— Et vous avez gagné ?

— Quelquefois.

— Eh bien ! ma brune ne gagnait pas. Elle était même entièrement décavée, et elle se désolait, se désolait ! Cela m'a touché. Je lui ai dit : « Mademoiselle, je vous supplie de ne pas vous arracher les cheveux. Ils sont d'une trop jolie nuance. Venez plutôt faire un tour avec moi... » Une femme qui a perdu son dernier louis fait volontiers un tour. Nous en avons fait plusieurs et, de tour en tour, je me suis aperçu qu'elle était vraiment très gentille, cette enfant, très intéressante, tout à fait digne d'être lancée.

— Encore une !

— Que voulez-vous, cousine, je n'ai eu que deux passions dans ma vie : le lançage, la chimie... Au premier abord, ça n'a pas l'air de se ressembler beaucoup ; mais, vous me comprenez, vous.

— Parfaitement : Mélinite, Bellite.

— C'est cela... Le lendemain, elle me disait : « Je voudrais me rattraper au petit chemin de fer... puis Boulogne me plaît beaucoup. Je serai bien contente d'y finir l'été avec toi. »

— Toi ? Déjà !

— Oui, déjà. Le tutoiement est une affaire d'habitude. On a tutoyé hier celui-ci, on tutoiera demain celui-là, tout naturellement : on croit que c'est le même... Je ne savais que faire de mon été, Boulogne me plaît aussi. Alors j'ai loué un appartement à l'hôtel Christol, en me faisant passer pour un homme marié... il faut respecter les convenances dans les hôtels de premier ordre... et je m'y suis installé avec Bellite. Quand je dis Bellite, je devance les événements. Elle s'appelle encore Rose Miron. Mais je lui ai proposé de changer Rose Miron contre Bellite. Elle m'a répondu : « Qu'est-ce que ça me fait?... » Et, à Paris, pour le lançage, elle s'appellera Bellite.

— Pour la surnommer ainsi, vous avez sans doute...

— Des raisons, parfaitement. Je vous les dirai si vous l'exigez.

— Je l'exige, si toutefois...

— Oh ! cela peut se dire, à la rigueur.

— Alors dites... Seulement, marchons un peu. Vous me tenez là, à la même place...

— C'est vous qui me tenez. Vous me faites causer, causer...

— Vous m'amusez. On a si peu de distractions à la mer !

Je me dirigeai vers le quai Gambetta, en suivant le chenal, le long des bateaux de pêche, et, tout en marchant à mes côtés, Blazac continuait :

— Je l'ai surnommée ainsi, parce qu'elle est explosive, comme vous n'en avez pas une idée.

— Évidemment, je n'en ai pas la moindre idée.

— C'est un composé de nitrate d'ammoniaque et de dinitro-benzine, tout à fait remarquable, destiné à enfoncer les autres explosifs... Quand je l'aurai lancé, on ne voudra plus que celui-là, non seulement en France, mais partout. Les Allemands essayeront de me le prendre. Les Anglais aussi. Déjà je m'en aperçois à l'hôtel Christol. Oh ! l'étranger donnera, je vous en réponds... Elle est de couleur jaunâtre, la nuance de l'Indienne ou de la mulâtresse. Elle a de la saveur, beaucoup de saveur. Elle est presque sèche au toucher.

— Blazac !

— Eh bien ! quoi, cousine ! Ce n'est pas la première fois que vous me voyez mélanger les femmes et la chimie? Est-ce ma

faute si je confonds la bellite inventée par M. Carl Lamm avec
ma Bellite, à moi, celle que j'ai découverte ? Elles se ressemblent
tant : au toucher, à la couleur, à l'explosion !

— Quel enthousiasme ! Vous qui ne juriez autrefois que par
la mélinite, ou plutôt par Mélinite.

— Je ne jure plus depuis qu'elle m'a trompé.

— N'y étiez-vous pas habitué ?

— Ce n'est pas de cela que je parle. Elle m'a trompé sur la
couleur de ses cheveux et je lui en voudrai toute ma vie. Moi
qui l'ai donnée partout, présentée à mes amis, comme une
brune.

— Elle ne l'est pas ? fis-je étonnée.

— Elle ne l'a jamais été et je m'y suis laissé prendre, moi, Blazac !... Il est vrai que ses perruques étaient si bien faites ! Elle en avait de toutes les formes, pour toutes les occasions, toutes les circonstances : perruque de ville, perruque d'intérieur, perruque de jour, perruque de nuit... Oh ! ses transformations de nuit, un rêve ! Moi qui croyais qu'elle venait de frisotter, en mon honneur, ses beaux cheveux noirs ! Elle avait simplement changé de perruque... Quelle superbe collection !

— Elle vous l'a montrée ?

— Elle s'en serait bien gardée. Je l'ai découverte.

— Quand donc ?

— Le jour où je vous ai vue pour la dernière fois, cousine. C'est une date. En sortant du bureau de placement, où j'étais allé demander une femme de chambre... vous savez... je retourne chez elle pour lui rendre compte de ma mission... Elle n'y est pas. Je cherche de quoi lui écrire un mot... Ni papier, ni plume dans le salon... Je passe dans le cabinet de toilette... Rien... J'ouvre une armoire, un tiroir, une autre armoire, un autre tiroir, et je finis par trouver, au lieu d'encre et de papier, la collection des perruques... Étonnement, colère, puis extase, à la vue de ces œuvres d'art... Je m'extasiais encore, lorsqu'elle rentre et me surprend devant l'armoire ouverte, en arrêt... « Malheureuse , m'écriai-je, tu es une fausse brune ! »

« — Des plus fausses, me répondit-elle, avec cet aplomb si remarquable chez elle.

« — Pourquoi m'as-tu trompé ?

« — Tu aimais les brunes, tu ne jurais que par elles. J'ai voulu être aimée de toi, mon ange.

« — Oh ! entre nous, ça ne prend pas. Trouve autre chose.

« — Eh bien, tu cherchais une brune pour la lancer. Je me suis faite brune, à cause du lançage.

Je m'arrêtai sur la jetée où nous avions fini par arriver, et je dis à Blazac :

— Si elle n'est pas brune, quelle est, au juste, la nuance de
ses cheveux ?

— Blonde, très blonde, rien de châtain... Oh ! cette fois, je
suis sûr de ne pas me tromper. Ce sont ses cheveux naturels.
J'ai tiré dessus, comme je tire, tous les soirs, sur les cheveux
de Bellite. Je ne veux pas que mon second explosif se moque
encore de moi.

— Et, après avoir découvert la vérité, demandai-je en
l'interrompant, vous êtes parti, sans lui rendre compte de votre
mission ?

— Non. Elle m'a interrogé. J'ai répondu, avec colère. Mais
j'ai répondu.

— Vous ne lui avez pas dit, je suppose, que je cherchais
aussi une femme de chambre, que vous veniez de me rencontrer
devant l'agence.

— Je le lui ai peut-être dit... Depuis qu'elle vous avait
aperçue au Bois, elle me parlait toujours de vous, et, tout naturellement...

Je m'étais assise au bout de la jetée, sur le banc circulaire,
et l'interrogeant de nouveau :

— C'est le soir de votre découverte que vous êtes parti pour
Boulogne ?

— Le lendemain.

— Pour cette seule raison que votre... tendresse était
blonde au lieu d'être brune ?

— Pas précisément... A vous, cousine, pour qui je n'ai rien
de caché, j'avouerai même qu'elle me plaisait avec ses cheveux
naturels. Ils la rendaient méconnaissable et en faisaient une
femme absolument nouvelle... Moi qui aime le changement, ça
m'allait.

— Alors pourquoi êtes-vous parti ?

— Cela ne m'aurait servi à rien de rester. Elle était partie,
elle-même, avant moi, de son côté.

— Sans dire où elle allait ?

— Sans rien dire. C'est la plus grande dissimulée que je connaisse.

— Et vous n'avez pas essayé de la rejoindre ? Vous ne vous doutez pas du lieu où elle peut être ?

— Non... Un nouveau caprice, sans doute. Une passion peut-être ; elle en est bien capable... Elle reviendra quand la passion sera satisfaite. Si elle ne peut la satisfaire, elle ne reviendra jamais.

— Pourquoi ?

— Parce qu'elle fera explosion, qu'elle sautera, je crois vous l'avoir dit, le jour où elle ne pourra pas faire sauter les autres.

Je laissai passer le bateau de Folkestone qui sifflait à l'entrée du port, puis, d'un ton indifférent, comme si Mélinite ne m'intéressait plus :

— Connaîtriez-vous, par hasard, une nommée Mᵐᵉ de la Bère ?

— Parfaitement. Est-ce qu'elle est ici ? Alors Mélinite ne serait pas loin.

— Elles se connaissent donc ?

— Si elles se connaissent ! Beaucoup, très intimement. C'est chez Mᵐᵉ de la Bère que j'ai rencontré, autrefois, Louise Bauquet... Qu'avez-vous donc, cousine ?

— Rien... Le remous du bateau à vapeur a fait trembler cette jetée en bois, et j'ai cru que j'allais tomber... Qu'est-ce que c'est que cette Louise Bauquet, dont vous me parlez pour la première fois ?

— C'est Mélinite avant le baptême, mon baptême.

— Ah ! très bien.

— Je m'imaginais naïvement, à cette époque, que je pouvais plaire à Mᵐᵉ de la Bère et je lui faisais une de ces cours...

— Malgré le mari.

MÉLINITE. 16

— Elle n'est pas mariée! Que ferait-elle d'un mari, et que ferait d'elle son mari?

— Elle a des enfants, pourtant.

— Des enfants, impossible! Je vois que vous parlez d'une autre Mme de la Bère. Le nom est assez répandu... La mienne, du reste, demeure rue François Ier, n°..., au second.

— C'est chez elle, dites-vous, que vous avez rencontré Louise Bauquet?

— Oui, c'était sa femme de chambre. Elle la cachait. Mais je finis par tout découvrir, même les perruques... Je travaillais déjà, vous le savez, au triomphe des cheveux noirs. La femme de chambre était brune, ou plutôt je la croyais brune... bizarre aussi, piquante, bien plus originale que sa maîtresse, et je l'ai enlevée, au grand désespoir de celle-ci.

— Pourquoi s'est-elle tant désespérée?

— Oh! pour des raisons que je ne puis pas vous dire. N'insistez pas... Je sais jusqu'où l'on peut aller avec une femme qui n'est pas trop prude, comme vous, et où l'on doit s'arrêter avec une honnête femme, toujours comme vous, cousine... D'ailleurs, Mme de la Bère s'est vite consolée... Louise Bauquet lancée, grâce à moi, riche, grâce à un autre, s'est empressée de revenir rue François Ier et de reprendre son service, auprès de sa blonde.

— Comment! Malgré le million, toujours femme de chambre!

— Elle a du goût pour le métier, une véritable vocation. Avec Mme de la Bère, du reste, la femme de chambre est aussi maîtresse que sa maîtresse. Elles se servent à tour de rôle. Puis, c'est un service intermittent : Louise Bauquet, dès qu'il lui passe un caprice par la tête, ne se gêne pas pour... rendre son tablier et s'envoler vers d'autres rivages, comme en ce moment, par exemple... Pardon, cousine, est-ce que vous ne déjeunez pas habituellement?

— Pourquoi cette question?

— C'est que vous n'avez pas l'air de vous douter qu'il est une heure de l'après-midi.

— Déjà!

— Merci. Cela prouve que je ne vous ai pas trop ennuyée... Mais Bellite, qui dormait encore, lorsque vous êtes passée devant l'hôtel Christol, a dû se réveiller. Elle m'attend pour se mettre à table.

— Allez vite la rejoindre... Vous verrai-je, un de ces jours, aux Ruines?

— J'ai peur que non... Vous comprenez : avec les explosifs il faut être prudent, ne jamais les laisser longtemps seuls... Je me sauve... Adieu, cousine.

— Adieu, cousin.

Dès qu'il a été parti, j'ai pris une voiture. Je n'avais qu'une pensée : chasser au plus vite de chez moi cette misérable!

XIX

Comment la chasser? Sous quel prétexte? Le prétexte qu'elle m'a donné elle-même, la veille. Je n'ai pas encore pardonné. Elle l'a bien vu, hier et ce matin. Décidément je ne pardonne pas et je la renvoie. C'est bien simple. Quel besoin de lui dire que je sais qui elle est, d'avoir des explications, des discussions, de me commettre avec elle? Puis-je répondre de moi? Ne finirais-je pas par lui crier : « Tu as tué mon mari, infâme ! » Je ne veux pas qu'elle le sache. Elle doit toujours ignorer que le baron de Virmeux était le duc de X... Par respect de lui ou de moi, il lui avait caché son nom, son véritable titre, je n'ai pas le droit de les lui apprendre.

Eh! mon Dieu, vais-je encore réfléchir et décider à l'avance ce que je dirai, ce que je ferai ! A quoi m'ont servi mes raison-

nements d'hier et mes résolutions d'aujourd'hui? J'allais lui
pardonner, la garder près de moi. Quelques minutes d'entretien
avec Blazac ont tout détruit, m'ont éclairée. Si, d'un entretien
avec elle, pouvait sortir la vérité sur la mort de mon mari... si
je l'amenais à me dire comment elle s'est fait aimer... comment
il a pu me tromper et se tuer pour elle, hésiterais-je? Non. Je
ne crois pas.

J'aurais tort. Provoquer ses confidences! Parler de lui avec
elle! Souffrir qu'une telle bouche me dise le secret de celui que
j'ai tant aimé! Je préfère ne rien savoir, rien.

Alors, si je suis bien décidée à ne pas l'entendre et si j'ai
peur, cependant, de l'interroger, si je doute de moi, pourquoi
la faire appeler, la congédier moi-même? Mon maître d'hôtel,
qui me tient lieu ici d'intendant, peut me remplacer. Est-ce que
je vais me gêner avec elle? Non, certes...

Si elle s'éloigne sans m'avoir parlé, il faut que je renonce
aussi à savoir pourquoi elle est entrée chez moi, pourquoi elle
s'est faite ma servante, mon esclave. Dans ce que vient de me
dire Blazac il y a des choses que je ne comprends pas... Je
voudrais les comprendre.

Ah! c'est plus fort que moi. Advienne que pourra... Je la fais
appeler.

. . . .

Elle entre, et tout de suite, sans lever les yeux... j'ai peur
de la voir, c'est moi qui ai peur d'elle... je lui dis :

— J'ai réfléchi. Je ne vous garde pas à mon service. Faites
régler vos comptes et partez immédiatement.

Elle resta un instant interdite, puis d'une voix ferme :

— Madame veut-elle bien me permettre de lui demander la
cause de ce renvoi si brusque?

— Je ne vous le permets pas.

— C'est bien dur. Madame la duchesse me traite comme on

hésite souvent à traiter une simple femme de chambre, et elle
avait bien voulu, cependant, m'élever à un autre emploi auprès
d'elle. Une sorte de dame de compagnie, comme je l'étais, ne
mérite-t-elle pas qu'on lui dise pourquoi on la congédie?

— Eh bien! puisque vous voulez le savoir, je vous renvoie,
parce que, hier, vous vous êtes oubliée, vous m'avez manqué
de respect.

— Très involontairement et j'en suis désolée. Hélas! comme
j'ai déjà eu l'honneur de le dire à madame, je n'ai pu résister
au sommeil.

— Je ne crois pas à votre sommeil

— A quoi madame la duchesse croit-elle donc?

Que lui répondre? Lui reprocher ce baiser? Discuter avec
elle si elle l'a, ou ne l'a pas donné? Ah! l'idée que ses lèvres
ont pu m'effleurer m'est encore plus odieuse depuis que j'ai
appris qui elle était. Je ne veux pas, même vis-à-vis de moi,
admettre le baiser d'une telle bouche, et je ne l'admettrai pas,
vis-à-vis d'elle... Alors, la voyant insister pour savoir les causes
de son renvoi, décidée à en finir, et incapable du reste de me
dominer plus longtemps, je me lève, je la regarde bien en face
et, sans baisser la voix :

— Je vous chasse de chez moi parce que vous n'êtes qu'une
fille. Vous vous appelez Mélinite.

Elle pâlit, puis se remettant :

— Qui a dit cela?

— Un de mes parents : M. de Blazac.

— Il me sait ici?

— Non, heureusement.

— Comment a-t-il pu vous parler à vous, madame, d'une
femme comme moi?

— Il m'a plu de l'interroger sur cette Mélinite avec qui je
l'avais rencontré, et j'ai su que son vrai nom était Louise Bauquet.

LIV. 80.   MÉLINITE.   17

— Il a dû vous dire aussi que Louise Bauquet était femme de chambre?

— Sans doute.

— Alors que me reprochez-vous, madame la duchesse?

— Comment! ce que je vous reproche! De m'avoir indignement trompée.

— Trompée! Je me suis présentée chez vous, sous le nom de Louise Bauquet, qui est mon nom véritable. Vous venez de le reconnaître vous-même, madame. J'ai dit que j'avais servi dans plusieurs maisons. C'est vrai. Mes certificats l'établissent, et à moins qu'ils ne soient faux... J'ai dit aussi que j'étais au service de Mme de la Bère. C'est encore vrai.

— Vous osez me parler de cette femme!

— Pouquoi pas?

— Vous me l'avez donnée pour une femme mariée, une mère, une personne respectable. Elle n'est rien de tout cela.

— Mon Dieu, madame, mes certificats ne vous suffisaient pas. Il vous fallait des renseignements verbaux. J'ai cru devoir indiquer la personne qui me connaissait le mieux, et vanter son honorabilité, afin qu'on pût ajouter foi à ses paroles.

— A ses mensonges!

— Mais non. Elle pensait tout le bien qu'elle a dit de moi, elle en pensait peut-être même davantage. Elle m'a donnée pour une excellente femme de chambre. Madame la duchesse, ces jours passés, ne reconnaissait-elle pas, elle-même, qu'elle n'avait jamais été si bien servie? Je crois que Mme de la Bère a dit encore qu'elle me regretterait. Elle doit, en effet, me regretter beaucoup. Du reste si, pour me bien placer, j'ai usé de ruse, employé quelque subterfuge, il devrait m'être pardonné : je poursuivais un but honorable.

— Vous!

— Sans doute. Je voulais changer d'existence, travailler, gagner ma vie et, de Mélinite, redevenir Louise Bauquet.

— Et c'est ma maison que vous avez choisie pour cette transformation ! Pourquoi?

— M. de Blazac a commis l'indiscrétion de me dire que sa cousine, une grande dame, une duchesse bien connue, cherchait une femme de chambre. Le désir, la curiosité, me sont venus d'entrer chez elle, et j'ai fait ce qu'il a fallu pour cela.

— Oui, vous vous êtes fait passer pour une honnête fille.

— Honnête, comme servante, oui. Je n'ai pas parlé d'autre chose. Madame la duchesse, du reste, ne m'a pas interrogée sur ma moralité. Elle sait bien ce qu'on répond, en pareil cas. Quelle est la femme de chambre qui, désirant se placer, viendra déclarer d'elle-même que sa conduite laisse à désirer? D'ordinaire, cependant, elle a un peu, beaucoup... flirté avec le maître d'hôtel et le premier cocher, si elle se respecte, avec les valets de pied, s'ils sont beaux garçons et qu'elle manque de préjugés. Moi je n'ai aucune de ces fautes à me reprocher. Les gens de maison, mes collègues, n'existent pas pour moi. Je place mes affections plus haut. Cela devrait m'être compté. Ne vaut-il pas mieux avoir été la... favorite de M. de Blazac, le cousin de madame, que la bien-aimée d'un maître d'hôtel? Mes liaisons m'engagent aussi à une certaine discrétion : je ne pouvais pas compromettre M. de Blazac, auprès de sa parente, avouer mes rapports avec lui. Il lui a plu d'en parler. C'est son affaire. Quant à moi je ne saurais me repentir d'avoir été discrète.

Elle disait toutes ces choses impossibles, les yeux baissés, dans une attitude convenable, d'une voix doucereuse, sans trop paraître se moquer. Et, malgré mes dégoûts, mes révoltes, je la laissai continuer parce que je sentais bien qu'elle allait finir par aborder le sujet qui seul m'intéressait et que je n'avais plus le courage d'écarter. Condamnée au respect, à une entière réserve depuis trois semaines, par suite de sa situation, elle éprouvait une certaine jouissance, involontaire peut-être, à se

montrer moins respectueuse, moins réservée, à parler au lieu
d'écouter, à dire sa pensée, ou plutôt une parcelle de sa
pensée, en attendant qu'elle la dît tout entière, Louise Bauquet,
la femme de chambre, disparaissait, s'éteignait peu à peu.
Mélinite, la courtisane, renaissait avec son effronterie, ses
audaces, son cynisme. Elle ressemblait à l'artiste qui, après
avoir joué un rôle d'innocente, quitte la scène, jette sa robe
blanche, essuie son rouge, et reprend avec joie sa vie ordinaire
qui, souvent, n'a rien d'innocent.

Pour arriver à mon but, la pousser davantage, je lui dis, en
réponse à sa dernière tirade :

— En effet, je ne vous ai pas interrogée sur votre moralité,
vous n'étiez tenue à aucune confidence. Mais vous ne m'en avez
pas moins trompée sur votre véritable situation, sur vos titres
et qualités, comme on dit, je crois : vous vous donniez pour
femme de chambre et, depuis longtemps, vous ne l'étiez plus.

— N'avais-je pas le droit de reprendre mon ancien métier
et devrait-on me le reprocher ? Il arrive que de femme de
chambre on devient femme galante, afin de gagner davantage.
Moi, de femme galante, je redevenais femme de chambre,
pour gagner moins, mais gagner ma vie honnêtement. N'est-ce
pas plus moral ?

Je relevai bien la tête et j'osai lui dire :

— Vous n'avez pas besoin de gagner votre vie. Vous êtes
riche.

— Ah ! Blazac a parlé aussi de cela ?

— Oui. Il m'a dit que le baron de Virmeux vous avait donné
un million.

— Il a dit vrai. Mais, quand on ne dépense pas son argent,
quand on n'y touche pas, c'est comme si on n'avait rien, et
peut-être me plaît-il de ne pas toucher à ce million.

— Vous avez peur qu'il ne vous brûle les doigts.

— Nullement. Un million ne brûle jamais les doigts de son

propriétaire. Il les chatouille agréablement, les caresse. Du
reste, celui-là n'a pas été gagné comme on le suppose... Ah! si
je pouvais raconter... C'est aussi amusant et ce n'est pas plus
immoral qu'un roman, le dernier, par exemple, que j'ai eu
l'honneur de lire à madame la duchesse.

— Et bien! racontez. Ne vous gênez pas. Au point où j'en
suis! Lorsque je vous écoute, depuis une heure!... Seulement,
plus de témoignage de respect, je vous en dispense, plus de
« Madame la duchesse ». Vous n'êtes plus à mon service. Vous
ne vous appelez pas Louise Bauquet, une femme de chambre.
Vous vous nommez Mélinite, une femme galante. Soyez vous,
bien vous... Au moins cela m'instruira, j'aurai lu un mauvais
livre de plus, mais un livre vrai, un livre vivant. J'aurai satisfait cette curiosité malsaine qui, pour notre honte, nous tour-
mente parfois, nous autres!... Je vous écoute.

Ces dédains, ces duretés, ne pouvaient l'arrêter en chemin,
la faire renoncer à la parole que je lui donnais. Mon instinct
ne me disait-il pas, qu'une créature comme elle, la courtisane,
la fille, devait éprouver une âpre jouissance à se dévoiler, à se
dénuder devant une honnête femme, à lui crier :

— Voilà comment je suis. Je vous vaux bien. Je vous
dépasse... Voilà comment je fais, de quelle façon je comprends
le métier... Vous n'y entendez rien, vous autres... Aussi les
homme vous laissent-ils de côté, pour courir à nous, et se
donner corps et biens.

Les hommes m'importaient peu. Mais je voulais savoir ce
qu'elle avait fait de l'un d'eux, de mon mari, comment elle
l'avait tué... et j'allais enfin l'apprendre.

. . . .

. . . .

. . . .

Liv. 81.

MÉLINITE.   18

XX

Je vais essayer de me rappeler, non seulement le sens de ses paroles, mais ses paroles elles-mêmes, dans toute leur crudité. Elle aurait pu s'exprimer autrement et, avec son tact, sa finesse habituelle, se servir de sous-entendus pour dire les choses difficiles. Abusant, au contraire, des libertés que je lui accordais, elle se plaisait à blesser mes oreilles, à me faire rougir. Elle espérait, peut-être, en me parlant sa langue, s'élever jusqu'à moi, ou m'abaisser jusqu'à elle. Elle s'est trompée : elle m'eût certainement abaissée si j'avais pris plaisir à l'entendre; mais j'ai tant souffert, pendant son récit, que je dois être pardonnée de l'avoir écouté jusqu'au bout.

— C'est la faute de Blazac, commença-t-elle, si je ne suis pas restée, toute ma vie, femme de chambre. Le métier a du bon, quand on choisit sa place, bien entendu : une maîtresse jeune et jolie... les jolies femmes étant plus faciles à vivre que les laides; spirituelle... cela vous donne de l'esprit à vous-même; bien élevée... on l'étudie et on en arrive à parler, à se tenir comme elle; instruite, afin de compléter sa propre instruction.

— Vous n'êtes pas difficile, fis-je observer.

— J'ai toujours trouvé cela, repondit-elle, et mieux encore. Quand je ne le trouvais pas, je m'en allais. Je partais aussi, lorsque ma maîtresse n'avait plus rien à m'apprendre, que je n'avais plus rien à en tirer; mais elle avait été si satisfaite de mes services, que j'emportais d'excellents certificats. Je crois avoir laissé de bons souvenirs dans toutes les maisons où j'ai passé.

— Elles sont nombreuses?

— J'en ai fait une vingtaine : femmes de théâtre, étoiles et satellites ; horizontales, petites marques, grandes marques et cartes blanches ; bourgoises avec ou sans amant ; femmes du monde, finance ou noblesse. J'ai voulu tout connaître. Il ne me manquait que la grande dame. C'est pourquoi je suis entrée chez madame la duchesse.

— Vous pourrez vous en aller sans trop de regret. J'ai complété votre collection.

— Oh! mon regret sera très grand. Je n'ai passé qu'un mois ici, et je n'ai pas eu le temps de me faire apprécier comme je mérite de l'être. J'epère encore que madame...

— Je vous serais obligée, dis-je en l'interrompant, d'aller plus vite, d'en arriver à l'époque où vous avez changé de profession. Celle de femme de chambre m'intéresse médiocrement.

— La période masculine de ma vie, alors, fit-elle sans s'émouvoir de mes paroles, sans paraître froissée, tant elle était pleine de son sujet. M'y voici : Blazac, qui faisait sa cour à Mme de la Bère... oh! bien inutilement : j'étais là pour la défendre et lorsque je suis là, les amoureux ne trouvent pas leur compte... Blazac, dis-je, cherchait une brune pour la lancer, suivant son innocente manie de lancer les femmes... Il me crut brune. Je l'étais à cette époque, pour faire contraste avec ma blonde maîtresse qui aime les contrastes... Il me proposa un modeste entretien, en attendant les hautes destinées qui, certainement, disait-il, m'étaient réservées. J'hésitai. Je n'avais pas encore eu d'amant et, pour le premier, j'en aurais bien voulu un autre. Je me disais :

« Ce n'est pas toi, mon petit, qui me feras revenir de la mauvaise opinion que j'ai de ton sexe. Oui, c'était plus fort que moi : instinctivement j'avais les hommes en horreur, sans les connaître. Cela n'a pas changé, quand je les ai connus.

Elle s'arrêta pour reprendre haleine, car elle parlait plus vite, depuis un instant. C'était ainsi qu'elle se conformait à ma recommandation : les mêmes détails, les mêmes longueurs avec une parole plus rapide.

— Cependant, reprit-elle bientôt, le modeste entretien que m'offrait Blazac, les hautes destinées surtout qu'il me promettait, finirent par me tenter : je le suivis... Ah! je ne m'étais pas trompée : il ne parvint pas à vaincre mes répugnances instinctives, et les idées que m'avaient inculquée la plupart de mes maîtresses, des femmes d'expérience qui, avant de se prononcer, s'étaient livrées à de nombreuses études comparatives.

Elle me regarda, pour juger, sans doute, de l'effet produit sur moi par cette phrase lourde et prétentieuse. Je ne sourcillai pas, et elle continua :

— Bon garçon, ce Blazac, amusant, spirituel. Avec lui, aucune scène de jalousie... Oh! ce n'est pas un gêneur... Pourtant il aurait le droit de l'être : il se conduit galamment avec les femmes... Mais quel amant! Des douceurs, des chatteries, des fadaises, rien de sérieux... Je restais de glace, et cependant il m'a baptisée du nom de Mélinite. Pourquoi? Il me l'a expliqué, un jour d'expansion, de vérité.

« — J'ai eu plusieurs motifs, m'a-t-il dit, pour vous appeler ainsi : vous ne vous enflammez pas avec moi, c'est vrai, mais rien ne me prouve qu'il ne vous arrivera jamais de brûler et de faire explosion avec d'autres. Comme la mélinite, vous avez besoin, pour éclater, de vous trouver dans certaines conditions, et vous vous y trouverez, soyez-en certaine... Mon second motif est tout personnel : en vous faisant passer pour une explosive, je donne en même temps une haute idée de ma force de résistance. On se dit : « Ce Blazac, quelle organisation! Il « doit avoir des nerfs d'acier, un corps en béton de ciment, « pour ne pas sauter avec une telle femme! » et cela fait bien auprès des autres... Ce surnom sert aussi à mon lançage. Les hommes sont très friands des femmes réputées inflammables. Ils prennent pour de la passion ce qui n'est que du tempérament. Ils se croient aimés pour eux-même, personnellement, lorsqu'on les aime d'une façon générale, pour leur sexe et leur virilité.

« Voilà le petit discours que monsieur votre cousin a bien voulu me tenir, madame la duchesse. Ce n'était pas trop mal raisonné : au bout de six semaines, je me suis trouvée lancée en plein tout-Paris, et bien lancée. Alors Blazac m'a donné ce dernier conseil :

« — Ne faites pas d'affaires, ou faites-en de très grosses, essayez de rester toujours dans les grands prix. Si vous avez des caprices pour des décavés, aimez-les gratis, travaillez pour la gloire. Votre devise doit être : « Rien ou beaucoup. » Comme je ne puis pas beaucoup, je vous fais mes adieux.

« — Vous oubliez, lui dis-je, l'autre partie de la devise : rien.

« — Merci. Vous n'êtes pas encore assez riche pour vous montrer reconnaissante. Vous perdriez un temps que vous pouvez mieux employer. Je repasserai dans un an.

« Il est parti et je suis restée, un an, sans le voir.

Je sentais qu'elle touchait, maintenant, au chapitre de sa vie qui m'était personnel. Aussi je prenais patience, et j'écoutais de sang-froid, sans protestation, ce cynique verbiage. Enhardie par l'attention que je paraissais lui porter, ou seulement fatiguée, elle s'était assise à demi, depuis un instant, sur le bras d'un fauteuil, n'osant pas s'asseoir tout à fait, par un reste de pudeur.

— Malgré l'absence de Blazac, reprit-elle, cette année a passé très vite. J'ai été si occupée, si entourée! Mon petit hôtel ne désemplissait pas, du matin jusqu'à l'autre matin, car j'ai pris tout de suite un hôtel. C'est indispensable, de nos jours,

quand on veut rester dans les grands prix. Cependant, malgré
le nombre, malgré le choix, je ne changeais pas d'opinion sur
les hommes. Ils ne m'inspiraient rien, mais du tout. J'avais
beau chercher, je ne trouvais pas mon affaire. Quels égoïstes
en amour ! Tout pour eux, rien pour nous. Et, comme ils nous
connaissent mal ! Ils ne savent pas, ou ils feignent d'ignorer
que, la plupart du temps, leur soif de bonheur est satisfaite,
apaisée, lorsque la nôtre commence à se faire sentir. Ils ont
vidé la coupe d'un trait, tandis que nous y avons trempé seulement nos lèvres. S'il nous arrive, par mégarde, avec une lueur
d'espoir, de murmurer :

« — Ce que vous avez bu là paraît très bon, j'y goûterais
bien à mon tour, ils répondent :

« — Désolé, il n'y a plus rien, et nous restons sur notre
soif.

Elle faisait des phrases maintenant, elle se mettait en frais
de style, tandis que je disais, à part moi :

« Va donc, va donc, dépêche-toi donc ! Que m'importent ta
soif, ta coupe et tes lèvres ! » Hélas ! ce n'était pas fini : elle
avait encore une tirade à placer. Elle la débita en marchant.

— Dire, pourtant, que certaines femmes, continua-t-elle,
vident la coupe du bonheur, en même temps que leur amant ou
leur mari. Chacun a son compte. Celle-ci n'envie rien à celui-
là. Ils sont contents l'un de l'autre... C'est une question de
chance, de veine ou de déveine. Je compare volontiers l'amour
à une table de roulette : trente-six numéros et un zéro. Une
joueuse jette, au hasard, son argent sur un numéro, et la voilà
heureuse. Cette autre, au contraire, met un louis sur le numéro
trente-six. Il se garde bien de sortir. Elle passe à un numéro
moins fort, un des numéros du milieu, le quinze, par exemple.
Elle perd encore. Elle se dit : essayons des petits numéros, et
elle joue sur le trois. Le zéro vient. N'est-ce pas de la
déveine?... Eh bien ! voilà, précisément, ce qui m'arrive, à

moi : malgré toutes mes tentatives, je ne puis jamais trouver le numéro gagnant, le bon, mon numéro enfin.

Cette fois, à bout de patience, je ne pus m'empêcher de lui dire :

— Pardon. Vous m'avez affirmé que votre vie était aussi amusante qu'un roman, et, désirant me distraire, je vous ai permis de me la raconter. Mais un roman doit marcher plus vite. L'auteur n'a pas le droit de remplacer les faits par des dissertations à n'en plus finir. Je vous prie de vous arrêter, ou de rentrer dans l'action.

— J'y rentre, madame, fit-elle. Me voici arrivée au million du baron de Virmeux.

XXI

Elle se tenait maintenant debout, en face de mon fauteuil, le dos appuyé contre la cheminée, tandis que, pour me donner une contenance, j'essayais de travailler à une tapisserie.

— C'est dans l'avant-scène de rez-de-chaussée d'un petit théâtre, les Nouveautés, je crois, que le baron de Virmeux m'est apparu pour la première fois. Il était avec le marquis de B..., qui m'avait été présenté quelques jours avant, à une pendaison de crémaillère, chez une de mes amies. J'occupais seule l'avant-scène, en face de ces messieurs : Mme de la Bère devait m'accompagner, mais elle s'était trouvée souffrante, au moment du départ, et je n'avais pas craint d'aller sans elle au théâtre, persuadée que j'y trouverais quelqu'un de connaissance. Je me trompais : personne à l'orchestre, personne dans les loges, si ce n'est le marquis, qui ne paraissait pas très disposé à venir me saluer. J'en avais fort envie, cependant, non pas à cause de

lui, quoiqu'il soit fort bien, mais pour son ami que je trouvais
mieux encore.

Elle se rapprocha un peu de moi et me dit plus familièrement
qu'elle ne l'avait jusque-là osé :

— Imaginez-vous, duchesse, un homme de trente-deux à
trente-cinq ans, grand, mince, d'une distinction parfaite. Un
front large, élevé; des yeux intelligents, très doux; un nez
droit, légèrement bombé, un nez de race ; une bouche bien
dessinée, un peu dédaigneuse, encadrée dans une moustache
blonde, épaisse, et dans une barbe fine, taillée en pointe. Ce qui
me frappait surtout en lui, c'était son grand air, sa haute mine,
avec un je ne sais quoi de particulier, d'original, peut-être d'un
peu sauvage ; un homme du monde, évidemment, mais d'un
monde très supérieur à celui que je fréquente ou qui me fréquente. Dans mon admiration si nouvelle... car c'était bien la
première fois de ma vie que je m'extasiais sur un visage
d'homme, je trouve ces messieurs très laids en général, et aussi
en particulier... dans mon admiration, donc, je me disais :
« C'est un prince étranger, ou quelque grand-duc, ou même un
souverain du Nord, voyageant incognito, et que le marquis de
B... promène dans Paris. Il devrait bien avoir l'idée de le promener de mon côté. Je le recevrais avec tous les honneurs qui
lui sont dus. » Mais la toile se baissa, le premier entr'acte eut
lieu, et ni le marquis, ni le prince, grand-duc ou souverain, ne
se promenèrent même dans la salle. Ils restaient assis dans leur
avant-scène, sans paraître s'apercevoir que ma lorgnette était
braquée sur eux.

« Cette complète indifférence m'énervait. Je n'y étais pas
habituée, depuis que Blazac m'avait lancée. Je ne suis pas jolie,
je le sais. Cependant je produis une assez vive impression sur
les hommes. Pourquoi? Je ne sais pas, je constate. Mon air
éveillé, mes narines dilatées qui battent comme des ailes de
moulin, ma bouche, d'ordinaire entr'ouverte, semblent beaucoup

promettre, dit-on. J'ai aussi, paraît-il, quelque chose de magnétique, d'hypnotisant dans les yeux ; mon regard attire les autres
regards... Comme, cette fois, il n'attirait absolument rien, je
me dis : « Il faut lui venir en aide, payer de toute ma personne,
jouer le grand jeu. »

« Le grand jeu consistait, pour moi, à faire la visite qu'on
ne me faisait pas, à passer de mon avant-scène à celle d'en
face. Un peu d'aplomb me suffisait pour cela et j'en ai beaucoup.

« Je sors de ma loge. Je traverse le corridor. J'arrive devant
l'avant-scène des deux cloîtrés, et bravement je me la fais
ouvrir, comme si on m'y attendait. Ces messieurs ne peuvent
dissimuler un certain étonnement, je crois même remarquer
qu'ils froncent les sourcils. Cependant, comme ils sont, avant
tout, des gens de bonne compagnie, ils s'empressent de se lever
et de me saluer.

« — Je vous demande pardon de mon indiscrétion, dis-je
aussitôt. Je suis seule, là, en face, vous êtes seuls, vous, ici.
Nous nous trouvons dans un petit théâtre, sur un terrain neutre
où certaines libertés sont permises, et j'ai cru pouvoir, marquis,
venir vous rappeler que vous me devez une discrétion.

« — Tiens, c'est vrai ! L'autre jour, à cette soirée, nous avons
fait un pari que j'ai perdu. Pardon de mon oubli.

« — Êtes-vous disposé à vous acquitter aujourd'hui?

« — Certainement.

« — Eh bien ! pour votre discrétion, veuillez me présenter
à monsieur...

« Et je désignais son compagnon. Aussitôt il me prend la
main fort galamment, et avec un sourire :

« — Mademoiselle Mélinite, fait-il.

« Cela ne me suffisait pas.

« — Et monsieur, demandai-je, ne me le présentez-vous pas
aussi?

MÉLINITE. 20

« Il eut une seconde d'hésitation, échangea un regard avec...
l'autre et finit par dire :

« — Mon ami, le baron de Virmeux.

« Quoi! ce n'était qu'un baron et, moi qui le prenais...

« Je n'ai jamais bien su si je m'étais trompée. En tout cas,
s'il avait un autre nom, un autre titre, il les cachait fort adroi-
tement. J'aurais pu chercher à savoir la vérité. Mais je n'ai pas
de ces curiosités inutiles, petites, bourgeoises. Puis, à moins
de le faire suivre... mauvais procédé et vilaine chose... qui
aurais-je interrogé sur son compte? Il ne s'est jamais rencontré
avec quelqu'un chez moi, ni homme, ni femme. Il prenait ses
précautions et je prenais les miennes, pour lui être agréable.
Nous avions aussi des heures convenues, à la tombée de la nuit,
lorsque mon quartier est désert... Ah! si je l'avais rencontré
dans la rue, au Bois, au théâtre et que Blazac, qui connaît tout
son Paris, se fût trouvé à mes côtés, j'aurais été vite renseignée.
Mais il m'évitait sans doute, et, quant à Blazac, je ne le voyais
plus.

Elle s'apercevait que je lui prêtais une grande attention et
son désir de briller devant moi, en augmentait. Elle aurait pu
se dispenser de se donner tant de mal : tous ses mots portaient
maintenant, m'allaient droit au cœur.

— Le rideau s'était levé pendant la présentation, continuait-
elle déjà, et je crus pouvoir rester dans le fond de l'avant-scène.
Mais je désirais payer l'hospitalité, un peu forcée, de ces messieurs, et les charmer par ma conversation, l'obscurité m'em-
pêchant de les séduire d'une autre façon. Tant pis pour la
pièce... Je m'aperçus bientôt que je commençais à produire
mon petit effet sur le baron de Virmeux : il prenait plaisir à
m'écouter, tout en paraissant surpris de m'entendre si bien
parler. J'en conclus que je ne m'étais pas trompée, en le jugeant
un peu sauvage, et d'un monde qui ne frayait pas avec le mien,
le connaissant à peine. Il ne s'imaginait pas qu'une Mélinite pût

avoir de l'esprit et causer, quand elle le voulait, à peu près comme... les baronnes. Il avait, sans doute, jusqu'alors mêlé, confondu, mis dans le même sac, toutes les femmes qui font commerce de galanterie, depuis les petites commerçantes, vendant au détail, à prix fixe ou réduit, jusqu'aux négociantes en gros, les notables commerçantes. Il ignorait que, bien lancées, posées d'une certaine façon, nous frayons avec ce qu'il y a de mieux à Paris et à l'étranger. Notre entourage finit par nous donner ce qui nous manquait, à nos débuts dans la carrière. Moralement, nous nous valons toutes, j'y consens. Je reconnais même que nous ne valons pas grand'chose. Mais, en dehors de la moralité, il n'y a aucune ressemblance entre celles qui sont arrivées, les grandes, et les autres qui n'arriveront jamais, les petites. Nous sommes toutes collègues, mais à des degrés différents. Question d'argent! Non pas. S'il s'agissait de cela seulement, les hommes seraient vraiment trop bêtes de donner, pour la même chose, à celle-ci, un louis... et j'exagère... à celle-là un hôtel... Le baron n'avait jamais sans doute fait toutes ces réflexions. De là son étonnement de trouver de l'esprit, de bonnes manières chez Mlle Mélinite.

« Je m'étais mis en tête de me faire reconduire chez moi par ces messieurs, et avec eux ce n'était pas chose facile. Après une légère hésitation, ils se décidèrent cependant à m'accompagner... de loin, jusqu'à une voiture et à y monter après avoir encore hésité et bien regardé autour d'eux. Tout cela m'indiquait que le baron était marié, et tenu en laisse : le marquis, que je savais garçon, n'avait aucun motif de faire tant de manières. Cette petite découverte ne me déplut pas : j'aime les obstacles, les résistances, le bien d'autrui.

« En route, du boulevard des Italiens à l'Arc de triomphe, près duquel je demeure, je travaillais, maintenant, à leur prouver qu'ils devaient prendre une tasse de thé chez moi. Je tenais beaucoup à faire voir au baron de Virmeux mon hôtel qui est

fort joli, et surtout à briller dans mon cadre qui me fait bien ressortir. Ils finirent par accepter. Je remarquai, encore avec grand plaisir, que le baron céda le premier. Assise, il est vrai, auprès de lui, dans le fond de la voiture, j'insistais en posant ma main sur les siennes. Je lui pressais aussi le genou; oh! très peu, très innocemment, comme par mégarde.

« Nous arrivons. Un domestique et ma femme de chambre m'attendent... Oh! ma maison est très bien tenue... Je donne des ordres, puis je fais à mes hôtes les honneurs de mon hôtel, subitement éclairé à la lumière électrique. Je lis dans les yeux du baron... il est trop bien élevé pour s'exclamer... que son étonnement augmente encore. Non, il ne se figurait pas qu'une cocotte... c'est le nom sans doute que sa sauvagerie voulait bien me donner... pût être logée de cette façon, sans faux luxe, sans trop de dorure, dans de beaux et vieux meubles, mêlés à quelques objets d'art. Je grandissais, à vue d'œil, dans son esprit. Je grandis davantage, lorsque je le fis passer dans une salle à manger sévère, en vieux chêne, où se trouvait servi un souper froid. C'est ainsi que je comprends la tasse de thé, passé minuit.

« Comment refuser de s'asseoir auprès de moi? Le marquis, toujours récalcitrant, y songea peut-être. Mais le baron, après avoir regardé discrètement l'heure, pour savoir s'il pouvait disposer encore de quelques instants, sous prétexte de club, prit place à mes côtés. Je l'en récompensai par une amabilité excessive, des plus naturelles : il me plaisait, de plus en plus, et j'avais fini par me monter, comme on dit. Il se montait aussi. C'était bien naturel de sa part : lorsqu'un homme, habituellement sage, fait une folie, il ne la fait pas à moitié. Les maris en vacances s'émancipent plus que les célibataires. Si on s'amuse toujours, on ne sait plus s'amuser.

Ah! la pédante, la drôlesse! Grisée d'avoir tant parlé, elle parlait toujours, sans s'arrêter, sans conclure. Elle ne me faisait grâce d'aucune de ses réflexions, d'aucun de ses apho-

rismes surannés. Pimpante, sautillante, elle débitait tout cela,
tandis que je souffrais horriblement à la pensée que mon mari
avait pu s'éprendre, si vite, d'une telle coquine !

— Après le dîner, reprit-elle gaiement, on passa dans le
salon. J'y déployai mes dernières grâces. Je connais toutes les
chansonnettes nouvelles et je ne les chante pas mal, d'une voix
juste, bien timbrée, vibrante. Je les détaille, surtout, avec beaucoup d'art. Je sais m'accompagner de regards expressifs, de
gestes éloquents... Paulus m'a entendue. Il affirme que je ferais
ma fortune dans les cafés-concerts... Je n'ai pas besoin de cela,
elle est faite, grâce au baron... Bref, quand ces messieurs
partirent, vers trois heures du matin, ils étaient entièrement
toqués de moi, le marquis lui-même, mais son ami, surtout.

Cependant, le lendemain, j'attendis inutilement le baron, à
qui j'avais arraché la promesse d'une visite.

Le surlendemain, même attente, sans résultat.

Je commençais à m'impatienter. Il m'avait prise plus complètement que je ne pensais. Ce n'était plus seulement sa tête,
vraiment belle, ses grands airs, sa distinction qui me plaisaient.
C'était aussi l'esprit très fin, très original dont il avait fait
preuve pendant le souper, lorsque je lui en laissais le temps.
Certaine innocence, certaine naïveté me charmaient aussi chez
ce grand intelligent, que j'étais seule capable d'avoir jugé innocent et naïf... Et il ne revenait pas, il m'échappait, lui qui, seul,
pouvait me faire changer d'opinion sur les hommes, m'amener
à me repentir de les avoir dédaignés jusque-là !

Huit jours s'écoulèrent. Enfin, on me remit une lettre assez
épaisse. Elle contenait dix billets de mille francs, et le mot
suivant que je n'oublierai jamais :

« Le baron de Virmeux prie mademoiselle Mélinite de le
recevoir, aujourd'hui, de quatre à six heures, et d'accepter la
somme ci-jointe, comme dédommagement du temps qu'elle
voudra bien perdre avec lui. »

Liv. 84.

MÉLINITE. 21

XXII

A son émotion, lorsqu'elle m'avait dit le contenu de cette lettre, à sa colère maintenant, on aurait pu croire qu'elle venait seulement de la recevoir et de la lire. Et, le plus curieux, c'est qu'elle me prenait à partie, qu'elle voulait me contraindre à m'indigner comme elle!

Campée en face de moi, debout, le corps penché, les bras tendus en avant, les mains appuyées sur le petit guéridon qui nous séparait, elle me disait d'une voix brève, ardente :

— Voyons, madame, je vous en fais juge. Ce mot du baron de Virmeux n'était-il pas abominable? Avait-il le droit de m'insulter ainsi, de me traiter comme une fille, moi qui venais de le recevoir de mon mieux, chez moi, honnêtement, oui, honnêtement? Ne devait-il pas me juger sur ce que j'avais dit, sur ce que j'avais fait, d'après ce que je m'étais montrée! Si, encore, je l'avais reçu dans un de ces petits logements où, du premier coup d'œil jeté sur les meubles et leurs accessoires, on sait qui l'habite, on classe la locataire! Mais je lui avais ouvert, à tous battants, mon hôtel, une demeure d'artiste ou de femme du monde, et non pas d'horizontale! Est-ce ma tenue, est-ce mon langage qui ont indiqué ma véritable situation? Non, certes. J'ai été aimable, trop aimable, coquette même. Si toutes les femmes coupables de coquetterie devaient être mal jugées, mal classées, je crois bien que le compte des autres serait facile à faire! Alors, si les apparences me défendaient, si rien dans ma conduite avec lui ne m'accusait, pourquoi s'est-il cru permis de m'envoyer de l'argent? Lui en avais-je demandé ?... Et ce rendez-vous, ce rendez-vous dont il précise

le but!... Oh! il n'y a pas à s'y tromper : c'est clair... Il donne
son heure, en plein jour, avant le dîner... Il paraît que toutes
les heures me sont bonnes, à moi; que j'exerce à tout moment,
de jour comme de nuit. « Tu me recevras de quatre à six. Deux
heures me suffisent avec toi. Tu seras toute prête à m'aimer. Je
te paye d'avance pour que tu ne réclames rien, et je te paye
royalement, pour être bien servi et ne pas attendre. Je suis
pressé... » Eh bien! sire, je ne suis pas pressée, moi. Votre
Majesté le verra bien. Elle ne sait pas attendre. Je le lui appren-
drai... et je lui souhaite de ne pas attendre toujours.

« Et, c'était le premier homme qui me plaisait, que je désirais! Oui, je m'imaginais avoir enfin gagné le gros lot à cette
roulette, à cette loterie de l'amour, dont je parlais tout à l'heure.
Je me trompais peut-être : c'était seulement le second ou le
troisième lot. Mais je l'aurais pris pour le premier, parce qu'on
regarde l'homme aimé avec une loupe qui le grandit, lui donne
plus de valeur, et peut transformer un nain en géant, un Pyg-
mée en Hercule. Hercule! Oui, j'étais capable de le prendre
pour ce dieu qui m'aurait fait, peut-être, oublier les déesses
auxquelles j'ai sacrifié jusqu'à ce jour. Oh! maintenant, je ne
changerai plus de culte, je brûlerai le même encens, devant les
mêmes idoles, puisque le dieu que je voulais servir m'insulte,
avant même que je me sois agenouillée devant lui.

« Ah! quel service il m'a rendu en me traitant ainsi! Quelle
force nouvelle je vais acquérir! Je craignais toujours de suc-
comber à la tentation, d'abjurer, d'aimer un homme et de souffrir par lui. Je ne craindrai plus rien, lorsque j'aurai résisté aux
séductions de celui-là, le seul qui soit séduisant! Et j'y résis-
terai. Je me connais. Mon orgueil blessé, mon premier amour
insulté, ne pardonneront jamais, quels que soient mes désirs.
C'est lui qui ne me résistera pas. On ne résiste pas à la Mélinite.
Elle fera lentement son œuvre.

« Et mes intérêts que j'allais oublier! Comme ils vont bien se

trouver de cette résolution ! Quelle bonne affaire ! Ah ! je ne
suis qu'une fille ? Eh bien ! de nos jours, les filles pensent à
l'avenir, préparent leur vieillesse ou, sans aller si loin, amassent
des rentes pour vivre, le plus vite possible, à leur fantaisie,
sans le concours des hommes. Si j'avais été amoureuse de toi,
baron, comme j'en prenais le chemin, je n'aurais jamais vu que
tes dix mille francs, tu serais parti en te disant : « J'ai voulu
connaître ces créatures-là. Je les connais. J'en ai assez. Je n'y
reviendrai plus... » Eh bien ! tu y reviendras, mon petit... et
longtemps... et souvent... et avec toi, ma fortune est faite...
Oh ! je t'ai toisé. Un homme qui, après avoir résisté huit jours
à son caprice, donne dix mille francs pour le satisfaire, en
arrivera à donner cent fois plus, si je ne satisfais pas le caprice,
si je l'aiguise, si je le transforme en passion.

« Et, persuadée que je ne me trompais pas, sans hésiter,
j'écrivis les lignes suivantes :

« Mademoiselle Mélinite est aux ordres du baron de Vir-
« meux, aujourd'hui, à l'heure indiquée. Mais il ne connaît pas
« sa devise : « Rien ou beaucoup ». Il peut choisir. »

Je glissai cette lettre sous une nouvelle enveloppe. J'y joi-
gnis les dix mille francs, et j'ordonnai à ma femme de chambre
de remettre le tout au baron, lorsqu'il se présenterait à quatre
heures. Puis j'attendis... oh ! de pied ferme. Avec lui je ne
courais aucun risque. En recevant cette lettre, un vrai Parisien
aurait serré les dix mille francs dans sa poche, serait entré chez
moi, pour y passer deux heures, et m'aurait envoyé, le soir, un
bouquet avec ce mot : « J'ai choisi. Merci ! » Mais le baron est
un Parisien d'un Paris moins spirituel, plus sérieux, plus fier.
Il n'admettra pas qu'une femme comme moi lui fasse la charité :
Les dix mille francs grossiront.

« A quatre heures et quart, ma femme de chambre est venue
me dire : « — Monsieur le baron sort d'ici, Madame. — Vous
lui avez remis la lettre ? — Oui, et il l'a lue immédiatement. —

Pas de réponse? — Il prie Madame de vouloir bien l'attendre. Il reviendra dans en instant. »

« Je triomphais : décidé à satisfaire son caprice, coûte que coûte, à en finir avec moi, et n'ayant pas sur lui la grosse somme, le sac, il était allé le chercher.

« En effet, vingt minutes ne s'étaient pas écoulées, qu'il se présentait de nouveau. On l'introduisit dans mon boudoir, où je l'attendais en toilette de circonstance. Il s'avança un peu gauchement... Oh! maintenant j'étais sévère. Je ne le voyais plus tel que je l'avais vu... Puis, déposant un rouleau de papier sur la cheminée :

« — Voici, dit-il, cinquante mille francs de titres au porteur qu'il est facile d'échanger contre des billets de banque. Je n'avais pas assez d'argent chez moi et j'ai craint de vous faire attendre.

« — Très bien, baron, répondis-je en souriant, tandis que des yeux, je lui désignais une place à mes côtés.

Elle s'arrêta, se dirigea vers une des croisées du salon, grande ouverte sur le parc, respira une ou deux minutes... elle en avait besoin... et, revenant vers moi, qui restais toujours immobile, silencieuse, elle me dit :

— Je ne prétends pas, madame, vous faire passer par toutes les phases de ma liaison avec le baron de Virmeux. Ce serait trop long, trop délicat, peut-être, à détailler. Je crois, du reste, vous avoir déjà indiqué le plan que je comptais suivre : caresser, flatter la manie du baron et ne pas y céder, transformer cette manie en idée fixe, amener peu à peu le malade à perdre la tête auprès de moi, tandis que je garderais la mienne. Bref, aiguiser, accroître son caprice, sans le satisfaire. Mais, tout en l'abandonnant, toujours à moitié route, à mi-côte, lui laisser l'espoir de faire, bientôt, l'autre moitié du chemin, et d'arriver au but du voyage.

« Au premier abord, cela semble difficile, presque impossible :

on est tenté de se demander comment un homme, tel que celui que j'ai dépeint, grand, bien bâti, n'a pas tout de suite raison d'un petit bout de femme comme moi. Il suffit, pour comprendre cette bizarrerie, d'avoir un peu étudié le système nerveux de ces messieurs. Les obstacles, les résistances, les longues attentes, ont la propriété de les énerver, de les affaiblir. Leur désir de triompher n'en est que plus ardent, mais les moyens d'exécution leur font défaut. De guerre lasse, ils disent : « A demain. » Et, le lendemain, c'est la même chose, c'est pire encore, parce que, se souvenant de leur insuccès de la veille, ils ont peur du même résultat, que l'imagination s'en mêle, les énerve davantage. Ils ressemblent à une armée souvent battue. Elle brûle de prendre sa revanche, mais le moral n'y est plus, et le nouveau combat devient une nouvelle défaite.

« Veuillez remarquer, Madame, qu'ils ne peuvent s'en prendre qu'à eux. Ce n'est pas la faute de la femme, ou du moins, celle-ci ne paraît pas fautive. Loin de leur montrer de la froideur, de la mauvaise volonté... ce qui serait maladroit, car ils s'expliqueraient leur insuccès, et ne s'y exposeraient plus, ils se diraient : « Je suis volé, » et ne reviendraient pas... elle se montre, au contraire, aimable, expansive. Elle paraît se plaire aux commencements, aux escarmouches et vouloir prolonger la situation, pour son propre compte. L'exposition de la pièce, son prologue, ses premiers actes semblent la plonger dans un tel ravissement qu'elle retarde, à dessein, le dernier. Seulement, elle le retarde si longtemps, si longtemps, que l'acteur, le principal rôle, pris de lassitude, épuisé, renonce au dénoûment, et que la toile se baisse, que la rampe s'éteint, avant la fin de la pièce.

« Cette femme habile va même plus loin, prolonge la comédie : c'est elle qui se plaint. D'abord l'étonnement : « Quoi! vous! Et moi qui croyais.. Quelle désillusion! » Ensuite la colère : « Quel affront! quel affront! C'est le premier qu'on me fait! »

La jalousie maintenant : « Ah! vous ne m'aimez pas! Si vous
m'aimiez, je ne serais pas humiliée à ce point ! Vous devez avoir
une autre maîtresse. Vous sortez de chez elle, quand vous
venez chez moi. On le voit bien. » Enfin la douleur, les lamen-
tations : « Quel supplice! On veut se donner tout entière et on
ne peut pas! De douces paroles, des baisers, des caresses qui
vous transportent, et puis rien, rien, c'est fini... Ah! vous
n'êtes pas un homme ! »

 « Cette dernière plainte, ce cri d'un cœur inassouvi, produisent
surtout un grand effet. Quand on a fait, souvent, ses preuves de
virilité, on enrage de s'entendre dire qu'on n'est pas un homme.
Ceux qui ne le sont pas vraiment prennent leur parti de ne pas
l'être : une infirmité comme une autre. Le boiteux de naissance,
ou par accident, finit par se consoler. Mais si vous dites à un
homme qui boite, sans savoir pourquoi, par suite d'une grande
fatigue, ou d'une bottine trop étroite : « Vous êtes un boiteux, »
il est révolté de cette injustice, et il jure de faire l'impossible,
pour marcher comme tout le monde.

 « Le baron a fait l'impossible, sans obtenir un meilleur
résultat, et, pour apaiser mon mécontentement, rendre
mes souffrances moins vives, et aussi, suivant l'expression
malheureuse de sa lettre, me dédommager de mon temps
perdu... oh ! bien perdu... il m'apportait à chaque instant des
liasses nonvelles d'actions, d'obligations, de titres au porteur.
Je lui avais recommandé gracieusement, une fois pour toutes,
de ne pas se donner la peine de les vendre, de les transformer
en argent... « Les billets de banque, disais-je, se dépensent
trop facilement. Je préfère ces valeurs, que je garderai en
souvenir de vous. » Il faut, avec les hommes, faire un peu de
sentiment, mêler le cœur à la matérialité. Ils s'y laissent
toujours prendre, et c'est ainsi qu'on se les attache.

 « Je ne crois pas, cependant, que le baron m'ait jamais été
bien attaché. J'ai pu comprendre, sans qu'un mot soit sorti de

MÉLINITE.   22

sa bouche à ce sujet, qu'il avait au cœur une profonde affection
un amour sérieux. Alors pourquoi m'avoir recherchée, s'être
acharné après moi? Sait-on ? La curiosité d'un homme qui n'a
pas beaucoup vécu, d'un grand innocent, comme je l'avais jugé,
malgré sa haute intelligence, à cause d'elle, peut-être. Suivant
lui, je devais être faite d'une autre substance, d'une autre chair
que les femmes de son monde, que sa femme, sans doute. Il
pensait que les prêtresses de l'amour avaient certaines prati-
ques bonnes à connaître, et qu'il trouverait chez moi ce qu'on
ne lui donnait pas chez lui. Un coup de tête aussi, un coup de
folie, comme en font, parfois, à un moment de la vie, les hommes
les plus sages, surtout les plus sages. Mais le coup de folie a
manqué. Alors l'amour-propre s'en est mêlé, la colère l'a
suivi, avec un invincible vouloir de triompher, de se montrer
tel qu'il était, de ne pas laisser une fille comme moi se
gaudir plus longtemps d'un homme comme lui. Peut-être
aussi... pourquoi pas?... le désir de rentrer dans son argent...
non pas pour l'argent, il était trop grand seigneur... par dépit
de se dire qu'il l'avait donné pour rien... et avec cet affolement
du joueur qui veut rattraper ce qu'il a perdu, et laisse un
million sur le tapis, pour regagner dix mille francs.

    « Voilà ce qui s'est passé en lui, rien autre chose. Non, il ne
m'a jamais aimée. Il a seulement été curieux, désireux de moi.
Il s'est entêté ensuite, entêté jusqu'aux dernières limites. Si je
lui avais dit : « Tu m'auras, enfin tu m'auras ! » il aurait consenti
à tout. J'aurais fait de lui ce qui m'aurait plu... Ah ! je n'avais
même besoin de rien promettre. La crainte de se voir fermer
ma porte, avant d'en être arrivé à ses fins, d'être obligé de
partir humilié et encore affamé, le rendait humble, soumis.
Moi, l'ancienne femme de chambre, je me faisais servir par ce
grand seigneur, que j'avais pris pour un roi, et qui est peut-
être un prince. Je me moquais de cet homme d'esprit, de cet
homme supérieur. Je crois que j'ai osé un jour l'insulter, le

frapper! Il est revenu, le lendemain. Seulement il m'apportait le reste du million, cent mille francs de valeurs diverses. « C'est fini, m'a-t-il dit, je ne puis pas, je ne dois pas aller au delà. » Puis il a livré le dernier combat, et a été battu comme d'habitude. Alors il est parti, et je ne l'ai plus revu.

« Je me suis demandé souvent, depuis, s'il ne s'était pas tué. Rien d'impossible : on s'est tué déjà pour moi. Je ne m'appelle pas Mélinite pour rien. Mais j'ai rencontré dernièrement le marquis de B... :

« — Qu'est donc devenu le baron de Virmeux? lui ai-je demandé.

« — Il n'habite plus Paris. Il est retourné chez lui.

« — Loin?

« — Oh! très loin! et il m'a tourné le dos.

« Il m'en veut, sans doute, d'avoir mangé un million à son ami, de l'avoir peut-être ruiné... Voilà, Madame, le récit de ma liaison avec le baron de Virmeux. Ma fortune était faite. Je vis, depuis, à ma fantaisie, suivant mes goûts.

Ces dernières paroles m'arrivèrent, au moment où je sortais brusquement du salon, pour fuir cette misérable, qui ne pouvait plus rien m'apprendre.

XXIII

Qu'a-t-elle donc espéré, en me racontant sa triste histoire? Que je lui saurais gré de sa franchise, de son cynisme, et que je la garderais auprès de moi? Que, devenue sa confidente, je n'oserais plus la chasser? Comme elle se trompe! Je la chasserais, même si le baron de Virmeux ne m'avait rien été.

Mais il s'appelait le duc de X..., il était mon mari. Doit-il

me suffire, puis-je me contenter de renvoyer celle qui l'a tué?

Car je ne saurais plus en douter, c'est bien elle qui l'a tué,
lentement, lâchement. Il est mort de honte de l'avoir aimée,
d'énervement de ne l'avoir pas possédée, et peut-être de désir.
Oui, le désir qu'elle lui avait donné et qu'il conservait encore,
toujours. Il s'est dit : « J'y retournerai peut-être. Je m'avilirai
de nouveau. Je finirai par ruiner ma femme. Il vaut mieux
mourir. » Et il s'est couché pour mourir, espérant que la
maladie, la fièvre suffiraient, auraient raison de son corps
épuisé ; qu'il s'éteindrait doucement, sans bruit, comme il avait
vécu, en gentilhomme ; qu'il emporterait avec lui son secret si
bien gardé. Mais la mort ne venait pas assez vite, c'est le délire
qui est venu, qui a exaspéré sa souffrance, sa honte, ses
craintes, et... il s'est tué.

C'est bien cela, et aujourd'hui, lorsque le temps écoulé a fini
par éteindre ma colère, en ne laissant vivre que ma douleur, je
lui pardonne ; il a dû beaucoup souffrir du caractère, avec le
cœur que je lui connaissais. Ce cœur m'est toujours resté,
comme elle l'a deviné. Que n'a-t-elle pas deviné? Il est seulement coupable, vis-à-vis de moi, d'un moment de curiosité
malsaine, que la sagesse de sa vie passée rend peut-être
excusable. La durée de cette curiosité s'explique aussi, comme
elle l'a expliqué. A quoi me servirait-il d'être l'intelligente qu'on
dit, d'avoir tout voulu connaître, de planer au-dessus du
vulgaire, si j'en conserve l'esprit étroit et les sévérités, si je
me refuse à comprendre certaines faiblesses humaines, si je ne
sais pas leur pardonner ?

Mais je ne pardonne pas à la ruse, à la cruauté, au vol...,
oui, au vol, elle a volé ce million..., au crime froidement médité.
Je pardonne le mal dont je souffre ; jamais le mal fait à ceux
que j'aime. Je ne pardonne pas... Et ce n'est qu'un mot cela ;
il ne signifie rien. Que lui importe mon pardon? S'en portera-
t-elle plus mal parce que je le lui refuserai? Elle se moque bien

de ma haine! Que puis-je lui faire? Comment puis-je l'atteindre? Elle est entrée chez moi, m'a-t-elle dit, pour connaître une grande dame.

Elle la connaît maintenant, et va partir satisfaite.

Quand je pense qu'elle n'est pas encore partie, qu'elle vit toujours sous le toit, dans la maison, où il a si longtemps vécu, lui! Qu'elle parte donc, qu'elle parte enfin!

Je sonne, je fais demander mon maître d'hôtel et je lui donne des ordres, au sujet de Louise Bauquet... Puis je sors. J'ai besoin de respirer, de marcher.

Pendant deux heures, je parcours le parc. Lorsque je rentre, mon esprit est aussi fiévreux, mon cœur aussi troublé. Une promenade à deux change le cours des idées. On est obligé d'écouter, de répondre. Les banalités même font diversion à l'idée qui vous hante. Parfois, on n'y peut plus tenir : on dit son secret, on s'emporte, on pleure, on demande un conseil, et au retour, souvent, on est calmé. Mais la marche solitaire n'apporte aucun soulagement. Le cerveau reste surexcité, on suit sa pensée. La fatigue du corps ne parvient pas à la distraire. Le fou ne marche-t-il pas sans cesse, ne tourne-t-il pas toujours sur lui-même, sans perdre son idée fixe? La mienne, je l'avais emportée avec moi, dans ma promenade, et je la rapportais absorbante, impérieuse : venger mon mari!

Cependant, je fus très mécontente d'apprendre que Louise Bauquet était encore chez moi. J'aurais dû m'en réjouir, au contraire : partie, elle m'échappait, je ne pouvais plus l'atteindre.

— Pourquoi n'avez-vous pas suivi mes instructions? demandai-je à mon maître d'hôtel.

— Je les ai suivies, madame la duchesse. Tout a été réglé avec Mlle Bauquet; mais elle m'a fait observer que le premier train pour Paris partait seulement à minuit, et elle a demandé qu'on lui permît de l'attendre ici.

Liv. 86.

MELINITE. 23

— Elle aurait pu l'attendre dans un hôtel de Boulogne...
Enfin!... Elle est dans sa chambre, sans doute?

— Oui, madame la duchesse; je crois qu'elle fait sa malle.

Je dînai à mon heure habituelle, ou plutôt je pris place à
table, l'estomac aussi serré que le cœur. Puis, je me promenai
encore, dans le parc, toujours poursuivie de la même idée fixe.

Vers huit heures et demie, comme j'allais rentrer, tout à
coup, au détour d'une allée, j'aperçois Louise Bauquet. Elle
s'avance vers moi, très vite. Je veux rebrousser chemin, la
fuir. Elle me rejoint :

— Madame la duchesse, de grâce, écoutez-moi.

Cette apparition dans la nuit qui commence, ce pas rapide,
cette voix brève, m'ont un peu effrayée. Je ne veux pas paraître
avoir peur, et je lui dis :

— Que me voulez-vous?

— Je veux, madame, vous supplier de ne pas exiger mon
départ immédiat. Ce n'est pas juste de me renvoyer ainsi. Non,
ce n'est pas juste! Qu'ai-je fait pour cela? Vous avez paru
désirer connaître ma vie. Je vous l'ai dite franchement, sans
mensonge, sans réticence. Il m'eût été facile de me faire
meilleure que je ne suis, de me montrer sous un autre jour, de
vous cacher bien des choses que M. de Blazac lui-même ne
connaît pas, qu'il ne pouvait vous dire. Je ne l'ai pas voulu.
Ma confession a été complète...

— Parce que vous en tiriez vanité, dis-je en l'interrompant
et d'une voix aussi brève, aussi nerveuse que la sienne. Vous
avez espéré m'éblouir par le récit de vos exploits, me forcer à
admirer votre finesse, votre perversité, votre connaissance des
hommes, ce qu'on peut en tirer, jusqu'où on peut les conduire :
au désespoir, à la folie, à la mort!

— Non; j'ai dit toutes mes fautes pour vous faire comprendre, en même temps, mon désir de les expier.

— Expiez, si le cœur vous en dit, mais ailleurs que chez

moi. Ma maison n'est pas un asile de filles repenties. Retournez
chez Mme de la Bère. Vous me paraissez faites, toutes les deux,
pour vous comprendre.

Elle releva brusquement la tête, et :

— Faites pour nous comprendre ! Vous avez donc compris ?

— Compris quoi ?

— Que nous nous étions aimées...

— Ne me l'avez-vous pas dit ?

— Non, je n'ai pas osé.

— Quoi de plus simple pourtant ! Vous avez été sa femme
de chambre. Mais votre million vous a rapprochée d'elle, et
l'amitié, peu à peu, est venue remplacer le respect.

— Oh ! l'amitié entre femmes, c'est rare. L'amour seul peut
exister.

— L'amour ! Est-ce qu'une femme peut en aimer une autre
d'amour ! Décidément vous êtes folle.

J'avais prononcé ces mots sans y attacher grande importance, sans croire à sa folie, et cependant, après les avoir dits,
je me reculai effrayée : ses yeux brillaient dans l'obscurité qui
maintenant nous entourait ; elle me regardait fixement, la tête,
le buste penchés vers moi, la poitrine oppressée, haletante.

Je voulus fuir. Elle me prit les mains qu'elle serra nerveusement, et me retint à la même place. Puis, se penchant davantage, tout près de moi, me brûlant de son souffle :

— Non, je ne suis pas folle ! Pourquoi une femme n'en
aimerait-elle pas une autre d'amour ? Pourquoi l'homme
aurait-il le privilège d'être seul aimé par nous ? Vaut-il la
femme ? Est-il capable de se dévouer, de se sacrifier, de s'im-
moler, comme elle ? Quand il s'agit de satisfaire son caprice, sa
fantaisie, sa matérialité : de belles paroles, ou de l'argent. Des
soins, des attentions, la pensée constante de plaire, de rechercher ce qui peut rendre heureux, de vous éviter un ennui, une
douleur, de souffrir à votre place, de mourir, s'il le faut, lui,

jamais ! Il est bien trop personnel, trop égoïste pour cela! Tout ce que nous faisons lui semble dû. Dans sa pensée, nous ne lui donnons rien; nous lui payons seulement un tribut. Il se croit notre roi, le roi de la création. Triste sire! Il ne règne vraiment que si nous le tenons en laisse, si nous le menons par la main pour l'empêcher de glisser, de tomber. Voit-il les dangers de la route? Non, il plane au-dessus. S'occupe-t-il des embarras, des difficultés de la vie quotidienne? Non, c'est notre affaire. Lui, il s'amuse ou il travaille, pour récolter des fleurs sur le chemin déblayé par nous... Et, physiquement, est-il donc davantage supérieur à la femme? Que pouvons-nous en attendre? Des enfants, c'est-à-dire le déshonneur, la honte, pour quelques-unes, la souffrance pour toutes. Quant au plaisir, bagatelle! Jeune, il ne pense qu'à lui, ou bien il ne sait pas. Plus âgé, il pense parfois à nous, mais il ne sait pas beaucoup plus. Ce n'est pas sa faute, il ne nous connaît que par à peu près, par ouï-dire. Nous seules nous pouvons nous bien connaître.

Je fis un nouvel effort pour détacher mes poignets qu'elle serrait toujours de ses mains nerveuses. Je ne parvins pas à la faire lâcher prise. Alors je criai :

— Laissez-moi, ou j'appelle.

— Appelez. Que m'importe! Je dois partir dans une heure. Vos gens ne me chasseront pas plus honteusement qu'ils ne l'ont fait. Avant qu'ils viennent, je vous aurai dit pourquoi je suis entrée chez vous, pourquoi je me suis faite votre servante, votre esclave, pourquoi je vous supplie encore de me garder... C'est que je vous aime, comme je n'ai jamais aimé... Je vous adore! Oh! ne vous effrayez pas. Je vous trouve la plus belle des créatures de Dieu. Vous n'êtes pas une femme, vous êtes une déesse superbe. Je donnerais tout au monde, pour vous baiser librement les pieds et les genoux. Mais je vous adore aussi pour votre esprit, votre intelligence supérieure, votre vertu, et même pour votre froideur et vos dédains... Ce n'est pas de l'amour que j'ai pour vous, c'est un culte. Je consentirais à vous servir, toute la vie, sans vous toucher, agenouillée à vos pieds... Je mourais du désir de vous dire tout cela et je n'ai jamais osé. Vous voyez bien comme je vous respecte. Si je vous le dis aujourd'hui, c'est que j'ai perdu la tête, c'est que je suis devenue folle; oui, folle, comme vous le disiez tout à l'heure, à l'idée de vous quitter, de ne plus vous voir, de ne plus vous entendre, de ne plus vivre de votre vie. Ayez pitié de moi, de grâce, ayez pitié! Ne me renvoyez pas!

C'était donc vrai! Il ne m'était plus permis de douter de cette chose monstrueuse, sur laquelle ma pensée n'avait jamais osé s'arrêter, malgré quelques paroles surprises, quelques livres seulement feuilletés, rejetés aussitôt: une femme pouvait aimer, d'amour, une autre femme! Et j'inspirais, moi, moi, cet amour sacrilège!

J'avais fait un tel effort, que je m'étais, cette fois, dégagée de son étreinte. Je pouvais fuir : elle n'osait plus porter la main sur moi et se tenait immobile, silencieuse, courbée sous ma colère qu'elle sentait bien. Cependant, je ne fuyais pas : une idée impossible, monstrueuse comme sa passion, m'avait frappé l'esprit. J'essayais de m'en débarrasser, de la chasser, je n'y parvenais pas. Poursuivie comme je venais de l'être, pendant plusieurs heures, par la même idée fixe : le venger, le venger, lui! j'étais devenue folle comme elle... Tout à coup, dans ma fièvre :

— Qu'avez-vous donné au baron de Virmeux, demandai-je, en échange de tout ce qu'il vous a donné?

— Rien.

— Alors, quand il vous apportait vingt ou cinquante mille francs, il payait, seulement, votre hospitalité : quelques heures passées dans votre hôtel?

— Oui. Mais je ne comprends pas...

Liv. 87.

MÉLINITE.   24

— Si, continuai-je, deux ou trois heures, auprès de Mlle Mélinite, valaient cinquante mille francs, combien donc vaudraient huit jours passés auprès de la duchesse de X...? Fixez vous-même, après vous être rendu compte de la différence sociale. Il saute aux yeux, je crois, qu'une femme comme moi doit être plus chère qu'une femme comme vous. Est-ce se montrer trop exigeante que de demander cent mille francs?

— Cent mille francs, pour... quoi?

— Pour rien, comme avec le baron, vous venez de le dire. L'hospitalité seulement. Je vous renvoyais, sans vous donner vos huit jours, je vous les donne.

— Alors, je reprendrai mon service?

— Oui.

— Et après les huit jours?

— Vous serez libre de partir ou de donner cent autres mille francs pour une autre semaine, jusqu'au complet épuisement du million. Vous pourrez aller ainsi jusqu'à l'hiver.

Elle s'approcha pour essayer de me voir, de lire dans mes yeux si je parlais sérieusement ou si je me moquais d'elle. Mais l'obscurité était devenue trop grande. Alors elle me dit :

— C'est pour les pauvres, sans doute, madame, que vous désirez cette somme?

— Cela ne vous regarde pas... Vous hésitez. Mettons que je n'ai rien dit.

— Je n'hésite pas. J'accepte. Je vous remettrai, ce soir même, madame la duchesse, cent mille francs de valeurs.

— Vous les avez donc emportées? Vous voyagez avec?

— C'est plus prudent que de les laisser à Paris.

— Bien.

Je me dirigeai vers la maison, sans ajouter un mot, et elle marcha près de moi, silencieuse aussi. Elle hésitait encore. Je le comprends. C'était dur! Se séparer d'une fortune si péniblement acquise! Il est vrai qu'elle n'en donnait qu'une partie, le dixième, et qu'elle espérait bien, la première semaine écoulée, rester chez moi, sans faire de nouveaux versements. Elle allait même peut-être jusqu'à croire que bientôt, touchée de son amour, le comprenant mieux, le partageant, je la supplierais de rester, je la payerais à mon tour. Comment supposer, en effet, que, dans ma situation, avec ma fortune, je songeais sérieusement à la dépouiller de la sienne? Pour raisonner autrement, il eût fallu connaître les liens qui m'unissaient au baron de Virmeux, deviner que je n'avais qu'une pensée : le venger, la punir! Pour commencer, en attendant mieux, je m'en prenais à son argent, à sa cupidité de fille... Plus tard, je verrais, car elle n'avait pas seulement volé, elle avait tué... et le Code punit de mort l'assassinat.

27 juillet.

Vers dix heures du soir, elle est entrée dans ma chambre à coucher, où je m'étais retirée pour écrire les pages précédentes. Elle tenait à la main une assez volumineuse enveloppe qu'elle me tendit.

— Qu'est-ce que cela?

— Les cent mille francs.

— Mettez sur la table et laissez-moi. Vous ne reprendrez votre service que demain matin.

Elle s'est retirée, sans répondre. La Mélinite est redevenue Louise Bauquet.

Seule, j'allai vers la cheminée, je pris l'enveloppe et je l'ouvris. C'étaient bien les valeurs inscrites au contrat de mariage, et dont mon notaire avait signalé la disparition. Elles me revenaient, froissées par la main de cette fille, salies de son toucher. Oh! elle ne froisserait plus, elle ne salirait plus ce que mon mari avait touché! C'était bien perdu pour elle... Mais ce ne serait pas perdu pour tous.

Le lendemain, dans la matinée, je me suis fait conduire en ville, chez mon médecin, lorsque j'habite les Ruines, le docteur Filliette, un homme d'esprit et un homme aimable, qui non seulement guérit les habitants de Boulogne, en cas de maladie, mais s'occupe aussi de leurs intérêts, les soigne administrativement.

— Vous, duchesse, chez moi ! Pourquoi ne m'avez-vous pas fait appeler ?

— Parce que je n'ai pas besoin du médecin. Je viens voir le conseiller municipal, une des autorités du pays.

— Une bien modeste autorité. Que peut-elle faire pour la duchesse de X... !

— Vous pouvez d'abord, cher docteur et cher conseiller, me donner quelques détails sur le sinistre du 14 octobre dernier. Il doit être encore présent à votre souvenir.

— Je crois bien. On n'en a jamais vu de plus terrible. Toute une flottille de bateaux de pêche engloutie dans la mer du Nord, entre la côte anglaise et la Hollande.

— Boulogne et le Portel ont été surtout éprouvés, n'est-ce pas ?

— Oui, nous avons perdu douze bateaux : six boulonnais, six portelois.

— Par combien de marins étaient-ils montés ?

— Deux cent cinquante environ : dix-huit à vingt hommes par bateau et deux mousses. Personne ne s'est sauvé. La mer a été inexorable.

— Elle a fait alors beaucoup de veuves et d'orphelins ?

— Hélas !

— Est-on parvenu à soulager leur misère ?

— Bien faiblement, et sans vous, madame, qui nous avez aidés... Vous paraissez l'avoir oublié.

— Laissons le passé, cher monsieur, si vous le voulez bien, et parlons de l'avenir. Un de mes amis m'a remis cent mille

francs pour une bonne œuvre. Nous n'en pouvons faire de meilleure que de venir en aide à toutes ces femmes, à tous ces enfants, et je viens vous demander de leur partager cette somme.
Seulement, je vous avertis que mon ami désire rester inconnu.

— Je ne vous nommerai pas, madame la duchesse.

— Voilà ce que je craignais. Comme vous vous trompez! Je
vous jure que je ne suis pour rien là dedans, et que vous me
feriez le plus grand chagrin, le plus grand, si vous prononciez
mon nom.

— Dans quel embarras vous allez me mettre! Je ne puis pas
distribuer cette somme moi-même. Je dois la déposer dans
notre caisse de secours, aviser le maire et mes collègues du
conseil. Tout le monde voudra savoir d'où vient cette libéra-
lité.

— Alors, s'il est absolument défendu à mon ami de faire le
bien secrètement, dites son nom. Il s'appelle le baron de Virmeux. Vous voilà satisfait. En échange, je vous demande votre
parole de ne point parler de moi. Les veuves et les orphelins
des naufragés voudront prier pour le baron, et je ne mérite pas
d'être mêlée à ces prières.

— Je vous donne ma parole, duchesse.

— Merci. Venez donc me voir un de ces jours aux Ruines.
J'aurai peut-être autre chose à vous remettre.

— Toujours de la part de votre ami?

— Toujours. On lui rend, peu à peu, une grosse somme qu'on
lui a prise, et, comme il n'y comptait pas, il la distribue aux
malheureux.

En quittant le docteur Filliette, je suis rentrée au Portel et
j'ai sonné Louise Bauquet. Elle a repris son service, auprès de
moi, comme je l'avais promis.

XXIV

Encore une longue interruption dans mon journal, deux mois de silence.

Pourquoi?

Les faits, les événements m'ont manqué. Je n'avais rien d'intéressant à consigner.

Cette raison est-elle sérieuse, cette réponse sincère? Je n'écris pas l'histoire de mon temps, l'histoire des autres. J'écris ma petite histoire à moi, et il est évident qu'elle doit être, par moment, peu mouvementée, très uniforme. Mais, autrefois, quand les événements me faisaient défaut, je les remplaçais par des pensées : mes impressions, mes sensations de la journée. N'ai-je donc rien senti, rien éprouvé, depuis la fin de juillet dernier? Oserais-je le soutenir, me mentir ainsi à moi-même? Non. Alors, d'où vient mon silence, pourquoi toutes ces pages blanches?

J'oserai l'avouer : le courage m'a manqué pour faire mon examen de conscience. J'ai craint de me trouver trop coupable, de me découvrir de trop gros péchés : non pas de ces péchés matériels, qui sautent aux yeux, font monter le rouge au visage, bouleversent l'âme, et qu'on voudrait tout de suite confesser, dans l'espoir d'apaiser le remords, d'obtenir le pardon; mais de ces péchés latents, passifs, pour ainsi dire, dont il n'est possible de se rendre bien compte que longtemps après les avoir commis, quand l'imagination, la vraie coupable, est moins surexcitée.

L'imagination! Pouvais-je empêcher la mienne de s'égarer, pendant ces deux mois, et quand je dis qu'elle était seule coupable, suis-je dans le vrai? Ne devais-je pas prévoir

qu'elle s'égarerait fatalement, que je n'en serais plus maîtresse?
C'était à moi de ne pas me lancer dans une aventure, de ne
pas rêver une vengeance insensée. Est-ce qu'une honnête
femme se commet ainsi? Le but que je voulais atteindre, l'idée
que je poursuivais, peuvent-ils m'absoudre? Le résultat obtenu
justifie-t-il les moyens employés?

Mais, si j'ai péché par la pensée, si ma tête s'est échauffée à
certaines heures, si la curiosité m'a un instant obsédée, si
peut-être le désir... oui, j'ose le confesser... m'a, pendant une
seconde, monté au cerveau, mon réveil a été immédiat, ma
révolte instantanée. La volonté a fait taire l'imagination.

Cette volonté aurait-elle été triomphante, dans d'autres
conditions? Je dois me le demander aussi, et me répondre,
quoique la question soit indiscrète, la réponse délicate. Je
précise pourtant : si, au lieu de me trouver vis-à-vis d'une
femme que je haïssais et dont je voulais me venger, j'avais été
simplement aux prises, dans les mêmes lieux, aussi longtemps,
avec une femme quelconque, affolée de la même façon; si, en
un mot, Louise Bauquet, au lieu d'être Mélinite, n'avait été que
Louise Bauquet, que serait-il advenu?

Cette question est absurde. Je ne puis pas y répondre. C'est
justement le long temps écoulé, la vie énervante à laquelle je
me suis condamnée, qui seuls auraient pu triompher de ma
volonté, me vaincre, m'amener à m'avilir, et je ne me serais
jamais exposée à de tels dangers. La femme que personne
n'essaye de séduire n'a, dit-on, aucun mérite à rester vertueuse.
Erreur : si on ne l'attaque pas, c'est qu'on ne peut l'atteindre.
Elle s'est prudemment dérobée, remplissant ainsi son premier
devoir d'honnête femme, qui consiste à fuir l'ennemi, à ne pas
tenter le diable. Je n'aurais certainement tenté, ni le grand
diable qui habite le corps de Louise Bauquet, ni le petit diable
qui est peut-être en moi, si mon idée de vengeance ne m'avait
pas obsédée.

Me suis-je bien vengée? Je le crois. En tout cas, j'ai essayé de lui infliger tous les supplices qu'elle a fait subir à mon mari. Je lui ai appliqué la peine du talion, dans toute sa rigueur; mais en y apportant quelques modifications obligées. Le duc restait en chemin, avait-elle osé me dire, parce qu'il était trop énervé, trop fatigué pour continuer sa route. Moi, qui ai meilleure opinion des nerfs des femmes, et qui sais qu'elles résistent à la fatigue, je ne lui permettais pas de s'aventurer sur la route. Quand je devinais que, renonçant à la suivre, elle essayerait de s'égarer dans un sentier, un chemin dérobé, je faisais bonne garde, à l'entrée du sentier. Si parfois, il lui a été permis de baiser les pieds de son idole, l'idole s'est dérobée à ses regards, lorsque le baiser menaçait de monter des pieds jusqu'aux genoux.

Et elle s'est contentée de ces joies longtemps attendues, rares, et si limitées? Oui, parce quelle espérait toujours franchir les limites, comme le baron de Virmeux l'avait espéré. Et, pour une si mince satisfaction, elle consentait à sacrifier, de semaine en semaine, une nouvelle portion de sa fortune ? Oui, toujours comme le baron y avait consenti, par entêtement, dans la crainte de perdre ce qu'elle avait précédemment donné, certaine du triomphe final, affolée par une série de défaites. Puis, elle se disait toujours : quand j'aurai vaincu, mon million me reviendra d'un seul coup, en bloc, grossi par les intérêts, doublé peut-être. Elle croyait cet argent bien en sûreté chez moi, et ne se doutait pas que, peu à peu, il prenait le chemin de Boulogne, et que déjà, sans doute, quelques fils de naufragés l'emportaient au loin en pleine mer.

Peut-être ne faisait-elle pas tous ces calculs, peut-être suis-je trop sévère pour elle. Mais, ces sévérités me sont imposées : si je ne la tenais pas pour une femme méprisable, je serais entraînée, par moment, à la plaindre, à m'attendrir sur elle. Elle paraît tant m'aimer, et cet amour, d'ordinaire, est tellement dégagé de toute pensée mauvaise! Une amie, une sœur,

malgré son affection, n'arriverait jamais à ce dévouement
absolu, à cette immolation de soi-même pour une autre. L'amitié
seule est donc impuissante à inspirer les grands sentiments. Il
faut que l'amour s'en mêle. Alors pourquoi me révolter contre
son amour? Ah! voilà, voilà où je vais, si je deviens indulgente
un instant, si j'oublie qui elle est, ce qu'elle a fait, lorsque je
ne vois plus le but poursuivi. Et, pour toujours le voir, pour
n'être pas tentée de me laisser attendrir par son dévouement,
de croire à son amour désintéressé et immatériel, je matérialise
cet amour, je transforme en sensation le sentiment, je permets
au désir odieux, hors nature de se montrer. C'est toujours la
peine du talion, avec une nuance. Elle exaspérait ses désirs, à
lui, m'a-t-elle avoué. Comment? Par des caresses, sans doute.
Moi je ne dépasse pas la coquetterie, et elle me suffit. Coquet-
teries de toutes sortes : d'esprit d'abord, puisqu'elle m'a dit
m'aimer pour mon esprit. Oh! je me mets en frais : je parle, je
raconte, je trouve parfois des mots heureux, des phrases bien
tournées, des pensées presque neuves. Elle pourrait me
donner la réplique, car elle a, au moins, autant d'esprit que
moi. Non, elle préfère m'écouter. On dirait vraiment qu'elle
boit mes paroles, et je lis dans ses yeux, son désir qu'elle ne
satisfera jamais, de les boire dans la coupe.

Je me pare aussi pour elle, et c'est elle qui m'embellit et
augmente son supplice. Tous les jours une coiffure nouvelle
qu'elle a rêvée et qu'elle dresse lentement, à petits coups de
peigne, ou du bout de ses doigts caressants. Coiffures d'une
autre époque, moyen âge ou xviiie siècle, avec toutes ses modes.
De duchesse, je deviens reine; de reine, impératrice ; puis tout
à coup, simple bourgeoise, paysanne. Hier, elle m'a mis les
longues boucles d'oreilles d'or, le bonnet blanc, en éventail,
des femmes de Boulogne. Elle prétendait que j'étais, ainsi,
belle à croquer. Je ne lui ai pas permis de me croquer, quoiqu'elle en eût grande envie.

A la coiffure succède la toilette, car elle a repris toutes ses fonctions de femme de chambre. Je n'en ai supprimé aucune. Elle paye assez cher, cent mille francs par semaine, le droit de m'habiller et de me déshabiller. Elle met peut-être trop de lenteur, lorsqu'il s'agit de me passer un jupon, d'agrafer un corsage. D'active qu'elle était au début, elle est devenue vraiment trop contemplative. J'ai de la patience : je me laisse contempler. Mais elle lit, dans mes yeux, ces mots inscrits dans tous nos musées : Défense de toucher.

Je n'ai pas diminué son service, je l'ai augmenté, au contraire, sur sa demande : elle reste, maintenant, dans ma petite salle de marbre, dans mon temple, lorsque je prends mon bain. Elle se tient immobile, non plus derrière moi, comme elle l'avait fait un jour, mais à l'autre extrémité de la coquille de marbre noir. Elle me regarde fixement, et je la soupçonne de vouloir profiter de la somnolence que procure le bain pour m'endormir tout à fait, me magnétiser peut-être, m'imposer ses volontés. Je l'en défie. Son regard ne peut avoir aucune action sur moi. Il manque d'autorité ; l'esclave n'endort pas le maître. C'est moi plutôt qui l'endormirais, qui lui dicterais mes ordres. A quoi bon ? Bien éveillée, elle les exécute tous. Elle les devine même, comme autrefois, mieux qu'autrefois.

Après certaines hésitations, une assez longue résistance, j'ai fini par consentir aussi à la laisser reprendre ses fonctions de masseuse. J'évite seulement les temps orageux, l'obscurité, la griserie des fleurs et des flacons débouchés, tout ce qui me rendait somnolente, dans les premiers temps, lorsque je ne me méfiais pas d'elle. Je me méfie, aujourd'hui, et beaucoup. Si elle fait mine de s'endormir, comme certain jour, je la réveille brusquement par de dures paroles. Un jour, je l'ai frappée. Ne m'a-t-elle pas avoué qu'elle avait osé frapper le baron de Virmeux ? Toujours la peine du talion. Encore comme le baron,

elle n'a pas murmuré : soumise, domptée, elle a continué son
massage, un massage respectueux.

Voilà comment se sont passés ces deux mois, rien de
moins, rien de plus. Eh bien ! je viens de relire cet examen de
conscience, et je comprends pourquoi j'ai tant hésité à le faire.
Ah! comme on a raison d'écrire, jour par jour, sa vie! Comme
on se rend mieux compte de toutes ses fautes, lorsqu'on les
voit ainsi, inscrites, couchées sur le papier, étalées les unes à
côté des autres! La pensée essayait de les atténuer, de les faire
toutes petites. L'écriture leur rend leurs véritables proportions.
Elles apparaissent nettement, telles qu'elles sont, débarrassées
du déguisement qu'on leur avait mis. Oui, sous un prétexte
de vengeance, croyant obéir à un bon sentiment, je commettais
de vilaines actions, indignes de moi. N'est-il pas honteux
d'accepter de l'argent d'une fille, même pour le distribuer aux
pauvres? Ce million lui appartenait puisqu'on le lui avait donné.
Le duc a-t-il songé à le lui reprendre? Non, certes. Pourquoi
l'ai-je repris?

Et quant à cette autre façon de venger mon mari, en
infligeant des supplices semblables à ceux qu'il a subis, je la
réprouve, j'en rougis. Je ne me pardonnerai jamais une telle
faute!... Je n'y retomberai plus surtout : ma vengeance restera
inachevée. Je ferai plus : je rendrai à cette femme non pas ses
valeurs et ses titres, puisqu'ils ont été vendus et qu'on en
partage déjà le produit, mais une somme égale à celle qu'elle
m'a remise.

Bien. Mais, aujourd'hui, après tout ce temps passé à mes
côtés, cette longue intimité énervante qui n'a fait qu'augmenter
sa folie, comment la décider à partir? Car elle ne peut rester,
n'est-ce pas? C'est impossible, c'est impossible ! Quelles prières
elle va m'adresser! Quel désespoir!... Je ne veux pas en être

témoin... Alors, il faudrait charger une autre personne, comme la première fois... C'est trop dur; puis, elle saurait bien me rejoindre, me supplier... Si je lui écrivais... Non, je ne puis pas me compromettre à ce point... Je n'ai qu'un moyen : partir immédiatement, sans qu'elle le sache, sans dire où je vais?... Ne découvrira-t-elle pas ma retraite?... Que faire? Je vais chercher, réfléchir... loin d'elle.

X X V

2 octobre.

C'est seulement aujourd'hui que j'ai la force, le courage d'écrire le dénouement de cette triste aventure.

La nuit m'a surprise dans le parc, où je cherchais, encore, comment je pourrais décider Louise Bauquet à partir, à se séparer de moi pour toujours. Un coup de vent venait d'emporter tous les nuages dans l'ouest, d'éclaircir le ciel. Il faisait assez froid et j'aurais dû rentrer, car j'étais à peine couverte. Cependant, je restais dehors, dans la crainte de trouver au salon celle que je voulais congédier, sans savoir au juste ce que je lui dirais.

L'idée me vint alors de me mettre à l'abri dans les ruines de l'ancien château. Personne ne songerait à m'y chercher, je pourrais y réfléchir à mon aise, arrêter quelque chose, avant de me rencontrer avec Louise Bauquet. Le duc a fait justement, l'année dernière, restaurer à demi une des pièces de cette vieille demeure, la chambre habitée, dit-on, par la belle Marie, abbesse de Ramsay, après son enlèvement et avant son mariage. Quelques marches usées, vacillantes, conduisent à cette chambre. Je parviens à les gravir parce que je les connais bien, que je sais où l'on doit poser le pied, et me voici chez l'abbesse.

Les murs sont soutenus par des barres de fer; des poutres neuves, mais un peu disjointes, servent de plancher. Je me hasarde, je traverse la pièce et j'arrive à la croisée, ou plutôt au grand trou, jadis fermé par une croisée. Là, par exemple, je m'arrête. J'ai, devant moi, un abîme de vingt à trente mètres, puisque le château se trouve, aujourd'hui, au ras de la falaise.

Assise sur une chaise de jardin, que j'ai fait placer dans ce lieu pour m'y reposer, je suis, quelque temps encore, ma pensée, je cherche, et enfin, à force de chercher, j'en arrive à décider que je parlerai moi-même à Louise Bauquet, d'une façon sérieuse, avec calme, doucement. J'essayerai de lui faire entendre raison, de lui inspirer une résolution forte, de la persuader qu'elle doit partir, pour elle, et aussi pour moi.

Après avoir bien pesé mes paroles, je ne songe plus qu'à retourner au château, afin d'en finir le soir même. Mais, lorsque, après avoir traversé la chambre, je pose le pied sur la première marche de l'escalier, je m'aperçois que quelqu'un est en train de le monter. J'ai peur et je crie : « Qui est là? qui va là? »

— C'est moi, madame la duchesse, répond une voix. J'étais inquiète de votre absence et je vous cherchais de tous côtés.

En même temps, Louise Bauquet me rejoint. Je ne puis m'empêcher de lui dire :

— Quelle folie de vous aventurer, la nuit, dans ces ruines !

— Mais, fait-elle, on y voit, ce soir, comme en plein jour. Puis, je connais cette chambre. Je sais qu'il faut prendre garde à sa tête et à ses pieds, et qu'on ne doit pas trop se pencher là-bas, à moins qu'on ne soit bien décidé à se tuer, ce qui est une idée comme une autre.

— Qu'est-ce qui vous prend? Pourquoi parler de mort?

— C'est ce précipice, ce gouffre qui m'a fait en parler. D'ordinaire, je n'y songe même pas. Elle viendra quand il lui

plaira, aujourd'hui, demain, ou plus tard. Cela m'est bien égal.
Pour ce que je fais dans la vie !

Par une sorte d'instinct, d'intuition qui ne pouvait pas
m'étonner de sa part... n'avait-elle pas toujours lu dans ma
pensée?... elle allait au-devant des conseils que je voulais lui
donner, de l'entretien résolu. Aussi m'empressai-je de lui
dire :

— Si vous êtes mécontente de votre vie, pourquoi ne pas la
changer? Rendez-la utile, profitable aux autres, faites-en une
vie honnête.

— Moi, Mélinite !

— Non, vous, Louise Bauquet. Vous m'avez dit que vous ,
aviez une sœur mariée, mère de famille, qui n'était pas
heureuse. Retirez-vous auprès d'elle, occupez-vous de ses
enfants, aimez-les, donnez-leur le bien-être.

— Le bien-être ! Comment? Je n'ai rien.

— Et votre million ?

— Mon million !

— Oui. Vous ne pensez pas, j'imagine, que je vais le garder.
Je l'ai employé à de bonnes œuvres, au nom du baron de Vir
meux... pour qu'il vous pardonne. Mais, dès mon retour à
Paris, je vous remettrai d'autres valeurs représentant la somme
que j'ai reçue.

Au lieu de se montrer ravie de cette bonne nouvelle, elle se
contenta de me dire :

— Si vous deviez me rendre cet argent, pourquoi l'avez-
vous pris ?

— Pour vous éprouver, savoir si vous étiez aussi intéressée
que vous disiez l'être, et que vous l'aviez été avec le baron.

— Eh bien ! vous n'avez rien appris. La femme songe à ses
intérêts lorsqu'elle n'aime pas. Elle les néglige et les oublie
auprès de la personne aimée.

— Vous vous trompez. J'ai appris quelque chose. Vous

valez beaucoup mieux que vous ne croyez valoir. C'est pour
cela que je rêve pour vous une autre existence.

— La mienne me convient. Je n'en veux pas changer.

— De quelle existence parlez-vous ? Celle de Mélinite ou de
Louise Bauquet ?

— Celle de Louise Bauquet, femme de chambre.

— Vous ne pouvez pas rester éternellement à mon service,
vous le savez bien.

— Ah! vous me renvoyez! Encore!

— Je ne vous renvoie pas. J'en appelle à votre raison, à
votre jugement, pour vous décider à me quitter, à vous
éloigner.

— Ah! je savais bien, je savais bien! Quand je vous ai vue
reprendre aujourd'hui votre journal... oh! ce journal!... écrire,
écrire longtemps, puis sortir sans me permettre de vous suivre,
entrer dans ces ruines, je me suis dit : « Elle roule dans sa tête
quelque projet, elle a de mauvais desseins contre moi. »

— Non, lui dis-je essayant de la calmer, ce n'est pas un
mauvais dessein, puisque je songe, au contraire, à vous faire
une vie heureuse... Mais voyons : nous sommes à la fin de
septembre. C'est déjà tard pour la mer. Je retourne bientôt à
Paris. Puis-je vous y amener, vous garder près de moi? Songez
donc, vous êtes si connue !

— Oh! je me déguise, je me transforme si bien!

— Mme de la Bère vous sait à mon service.

— Elle ne peut rien dire. Elle a quitté Paris la veille de
mon départ, pour rejoindre, aux États-Unis, une Américaine fort
jolie et fort riche qui ne la laissera pas revenir, j'en réponds...
Du reste, si, par impossible, elle parlait jamais, vous diriez
ce que vous avez certainement pensé à dire déjà : Je ne savais
pas que Louise Bauquet s'appelait Mélinite. Je l'ai toujours
tenue pour une femme de chambre sérieuse, sur laquelle on
m'avait donné de bons renseignements.

— Mais Blazac ? Ne m'a-t-il pas appris que Louise Bauquet
et Mélinite n'étaient qu'une seule et même personne ?

— Oh ! Blazac n'est plus à craindre. J'ai eu de ses nouvelles.
Il vit toujours, à Boulogne, dans un appartement de l'hôtel

Christol, avec une petite brune, que je connais bien, Rose
Miron. C'est une explosive... pour hommes celle-là, et Blazac
faiblot, détraqué comme il est, ne tardera pas à se repentir
d'avoir voulu étudier, de trop près, les explosifs nouveaux. Fini,
Blazac !

Ce langage, qui sonnait encore plus mal que d'habitude et
me rappelait la fille, cette façon légère de parler d'un homme à
qui, en réalité, elle devait sa fortune, me révoltèrent. J'aurais
dû ne m'en prendre qu'à sa nervosité, bien naturelle en ce
moment. Mais j'ai des nerfs, moi aussi; et je m'étais irritée peu
à peu, en voyant que je ne faisais aucun progrès dans son
esprit, que je ne pouvais, ni la convaincre, ni même la rendre
hésitante. Aussi, brusquement :

— Il est inutile de discuter plus longtemps. Nous devons
nous séparer.

— Pourquoi?

— Si vous m'êtes attachée, dévouée, comme vous l'affirmez,
vous l'avez déjà compris.

— Je ne comprends qu'une chose : c'est que je ne peux pas
partir.

— Vous aurez du courage, vous réfléchirez.

— Les folles ne réfléchissent pas, et je suis folle... de vous.

— Raison de plus pour que je tienne à votre départ.
Qu'espérez-vous?

— Que vous finirez par m'aimer comme je vous aime.

— Jamais! Je ne le pourrais pas.

— Dites-moi pourquoi.

— Parce qu'une femme honnêtement élevée, dont l'esprit
est droit, dont le cœur est sain, ne saurait partager, ni
admettre, ni même comprendre certains sentiments hors
nature, s'il est permis d'appeler cela des sentiments. Lorsque
vous les exprimez, au lieu de nous plaire, de nous enflammer,
comme vous le croyez, vous ne nous inspirez que de la répulsion. Nous ne sommes pas faites pour vos dépravations ; elles
nous révoltent. Vos corruptions nous écœurent. La plupart
d'entre nous ne savent même pas ce dont il s'agit. Les autres,
que le hasard a parfois instruites, vous tiennent pour des
malades et s'éloignent de vous, ou bien vous éloignent d'elles.

MÉLINITE. 28

Liv. 91.

Elles ne craignent pas la contagion; elles trouvent seulement
la maladie répugnante. Votre vice leur est connu, elles l'ont
deviné; mais elles ne permettent pas à leur pensée de s'y
arrêter, de l'approfondir. Vous existez, elles le savent; mais
vous n'existez pas pour elles. Ce n'est pas de l'honnêteté, cela;
c'est de l'instinct. Oui, une aversion instinctive pour tout ce qui
ne semble pas naturel. On ne doit pas nous en savoir gré :
nous sommes comme ça, comme vous êtes autrement.

— Alors, fit-elle, je ne vous inspirerai jamais que de la
répulsion!

— Vous, non. Votre amour, oui.

— Il est bien profond, cependant. Le cœur est bien pris.

— Si le cœur seul parlait!

— Je ferais taire le reste. Je vous le jure. Gardez-moi près
de vous.

— Je vous dis que c'est impossible.

— Faites l'impossible. Je vous aime tant! Ah! si vous saviez!
Je ne pense qu'à vous. C'est à vous seule que je rêve, quand je
puis dormir. Mais, hélas! je ne dors plus. Votre pensée me
tient toujours éveillée... Vous ne vous apercevez pas comme je
suis changée : on ne voit plus que mes yeux dans mon visage
maigri. Je le sais, je me regarde souvent. J'ai si peur de devenir
laide... ou plutôt que vous me trouviez laide!... Ces trois derniers mois, passés près de vous, m'ont achevée... Pourquoi ne
m'avez-vous pas renvoyée, la première fois? Pourquoi avez-
vous cédé à mes prières? Aujourd'hui, il est trop tard, vous
n'avez plus le droit de me chasser... Je mourrais loin de vous,
oui, je mourrais... Ayez pitié... De grâce! ayez pitié.

Courbée vers moi, presque agenouillée, elle m'avait pris les
mains, les embrassait, et je sentais ses larmes qui coulaient
sur mes doigts.

Sa douleur me faisait un mal horrible, et j'étais en même
temps furieuse contre moi; car cette douleur, je l'avais voulue,

je l'avais cherchée. Elle aurait dû me réjouir, et j'en souffrais, au contraire... Ah! c'était vraiment trop oublier la vengeance rêvée! Mon mari n'avait-il pas souffert comme elle, par elle!... Pourquoi ai-je songé à lui en ce moment!... Mais elle me pressait toujours. Éperdue, elle me criait : « Aime-moi; de grâce, aime-moi... » Alors, ne sachant plus que dire, que faire, et décidée, cependant, à lui ôter tout espoir, je posai mes mains sur ses épaules, je la regardai bien en face et je lui dis :

— Le baron de Virmeux s'appelait le duc de X... Il était mon mari!

— Ah! cria-t-elle, en se reculant et tout de suite : Vous avez voulu le venger!

— Oui, mais je ne veux plus.

Frappée d'une autre idée, elle disait déjà :

— Vous êtes veuve... Comment est-il mort?

— Il s'est tué, à cause de vous.

— A cause de moi! Ah! mon Dieu! ah! mon Dieu!... Je comprends maintenant, je comprends tout... C'est vrai, vous ne pouvez pas m'aimer!... Non, vous ne pouvez pas!

Elle se mit à marcher dans la chambre, répétant d'une voix rauque, comme étranglée : « Non, non, elle ne peut pas n'aimer, elle ne peut pas! »

Par moment, elle s'arrêtait et disait aussi : « Il s'est tué, il s'est tué pour moi! »

Tout à coup, elle ajouta : « Alors je me tuerai pour elle! »

Et, bondissant à l'extrémité de la chambre, elle s'élança dans le gouffre.

Lorsqu'un quart d'heure après j'arrivai au pied de la falaise, elle était morte... morte sans agonie. Sa tête, son corps s'étaient broyés sur un rocher de la plage.

Cette mort a été attribuée à un accident. Mes domestiques avaient remarqué que Mlle Bauquet aimait à se promener, le soir, dans les ruines, et l'un d'eux avait dit : « Elle a tort. Il

lui arrivera un jour malheur. La chambre de l'abbesse est très
dangereuse. »

On l'a enterrée hier. Le service a eu lieu dans la petite
église du Portel. J'avais fait couvrir son cercueil de toutes les
dernières fleurs d'automne qu'on avait pu trouver dans le parc
et dans les champs. Je marchais derrière, suivie de toute ma
maison, des femmes du Portel et des pêcheurs qui n'étaient pas
en mer.

Dès mon retour à Paris, je chargerai mon notaire de rechercher la sœur de **Louise Bauquet**, et de lui remettre un million, représenté par un titre de rente, inscrit à son nom et au nom de ses enfants.

Le prince de T... a épousé, on le sait, l'année dernière, la duchesse de X...

La lecture du journal intime qu'on lui avait confié, cette confession si complète, durent lui donner, cependant, à réfléchir : il s'effraya, sans doute, de voir la duchesse, après être allée si loin, s'arrêter en chemin, sans satisfaire sa curiosité, pourtant bien excitée. Il se demanda très certainement si, malgré son honnêteté, sa force de caractère, ses répugnances instinctives, plus tard, un mauvais jour, dans des conditions nouvelles, imprévues, elle ne serait pas tentée d'en savoir plus long qu'elle ne savait.

Mais, comme il a des idées très avancées sur la façon de comprendre l'amour entre époux, il s'est dit, peut-être, en même temps : « S'il lui arrive de vouloir absolument s'instruire jusqu'au bout, je l'instruirai moi-même. Quoi qu'en dise Mélinite, qui prêchait pour son saint, un bon maître vaut une bonne maîtresse. Dans ce genre d'éducation, l'homme est même supérieur à la femme : il peut enseigner tout ce qu'elle enseigne et aussi ce qu'elle n'enseignera jamais. Les Filles aux yeux d'or, les Maupin, les Demoiselles Giraud, les Mélinite ne sont vraiment redoutables que pour le mari qui respecte sa femme plus qu'elle ne demande à être respectée, et qui ne veut pas, ou qui ne sait pas être parfois son amant, l'amener à devenir sa maîtresse. C'est, cependant, le plus sûr moyen de la bien garder et de se garder soi-même, si l'imagination est trop vive de part et d'autre. »

Le prince de T... voulait se donner évidemment de bonnes raisons pour épouser sa belle pénitente, comme il l'a fait. S'il n'avait pas été sous le coup d'une confession un peu incendiaire par moments, il aurait, sans doute, parlé autrement, en ces termes : « Le mariage, malgré le divorce, qui l'a bien diminué, doit être respecté. C'est abaisser, avilir la femme légitime, souvent la mère, que de l'initier à tous les secrets, les raffinements de l'amour. C'est aussi s'exposer à de graves dangers : une curiosité satisfaite en provoque une nouvelle, ou la même, sous une forme différente.

L'imagination féminine, quand une fois elle a pris sa volée, ne sait plus s'arrêter. L'initiateur a beau crier à son élève : « Mais je vous ai tout appris. C'est toujours la même chose. Restez donc en repos, » elle ne le croit pas et court vers l'inconnu, comme s'il y avait un inconnu.

L'homme bien résolu au mariage ne doit-il pas, au contraire, chercher une de ces femmes... il y en a beaucoup... encore plus honnêtes que curieuses, sachant modérer elles-mêmes leur imagination souvent plus exaltée qu'on ne croit? Le jour où il l'aura trouvée il se contentera d'être un bon, un vrai mari, honnêtement amoureux, passionné même... la passion n'est pas exclue du programme... et de lui faire de beaux enfants très sains, à l'abri des névroses de notre époque... si toutefois, filles ou garçons, ils savent se garer des Mélinite, également dangereuses pour les deux sexes.

Voir la Bouche de Madame X...

www.ingramcontent.com/pod-product-compliance
Lightning Source LLC
Chambersburg PA
CBHW061503030726
47503CB00005B/1797